# 萬能之鑰

道尾秀介
SHUSUKE MICHIO

la clef ferme plus qu'elle n'ouvre. La poignée ouvre plus qu'elle ne freme.

（如果非要分類，鑰匙的功能是關閉而非打開；門把的功能是打開而非關閉。）

——加斯東．巴謝拉《空間詩學》

You can straighten a worm, but the crook is in him and only waiting.

（你可以把一條蟲子拉直，但彎曲的本性仍潛藏在牠的身體裡。）

——馬克．吐溫

目錄


一章 7

二章 79

三章 141

終章 269

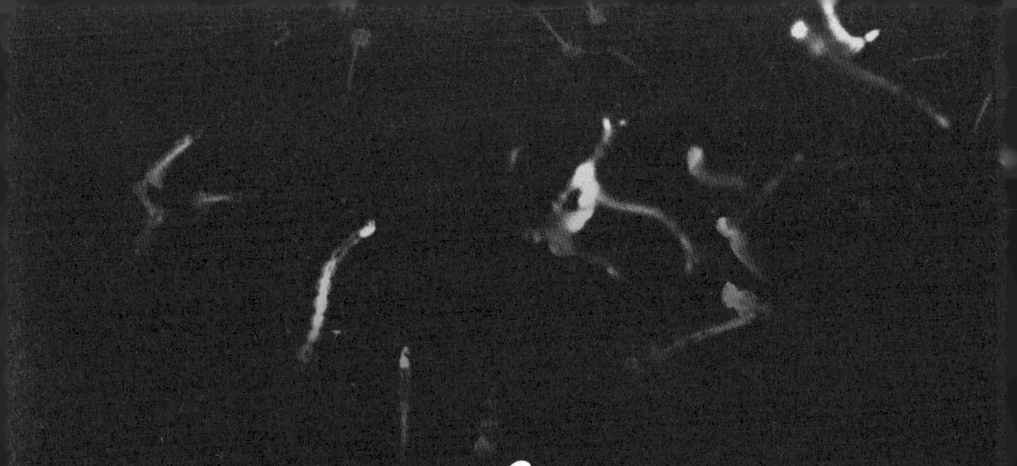

# 一章

# （一）

正在尾隨的那輛轎跑車行駛在另一輛車前方。

前方的紅綠燈由綠轉黃，但轎跑繼續前行，穿越十字路口。而後頭行駛在我們之間的那輛計程車亮起煞車燈，我立即轉動油門加速，摩托車往左傾斜。深夜的街燈化作一道直線掠過安全帽表面。剛從計程車左側竄出，正要衝進十字路口，有輛小貨車卻從右前方急速欺近，車頭燈打在我的身上。似乎是在對向車道等著右轉的車子發動了。該往右還是往左——假使往左閃躲，除非對方及時踩下煞車，否則一定避免不了追撞。我決定往右傾斜，把全身重量都壓在摩托車上。然而下一瞬間，小貨車卻緊急踩下了煞車，輪胎嘰嘰作響。早知道該往左才對。小貨車在十字路口正中央停下，眼看我與車子的距離越來越近。再這樣下去勢必會對撞。我繼續把摩托車往下壓——再往下壓——趕在打滑的前一秒迅速拉起車身。羽絨外套的左邊袖口擦到了小貨車車斗，白色羽毛從裂開的地方飛出來。但幸好，摩托車和身體都有驚無險地未與小貨車碰撞到，我毫髮無傷地鑽過小貨車與後車間相隔一公尺的縫隙。

我回到原來的車道上，重新尾隨那輛轎跑。

行進了一段時間後，道路兩側不再出現餐飲店家的燈光，倒是看似工廠的方形建築物與公寓大廈變多了。

轎跑左轉，駛進巷弄。

我關掉摩托車的車頭燈，尾隨其後。

政田駕駛著的那輛轎跑在住宅區裡轉了兩次彎，最後在投幣式停車場的招牌旁減慢車速。我在上一個路口先行左轉，讓摩托車挨著民宅的水泥圍牆停靠，熄掉引擎。接著從牛仔褲口袋裡掏出智慧型手機，輸入生日解除密碼鎖，啟動相機功能，回到巷口。接著把相機的曝光值調到最高，朝著巷子探出手機，雙眼看向螢幕。黑暗中比起肉眼，這樣看得更清楚。轎跑停在投幣式停車場裡，但政田還在車上。大概是在操作手機，有道白光從下方照亮他的臉。我按下快門，拍下那幕畫面。

政田下車了。

他背對著這邊，一面留意四周一面邁出步伐。

我躡手躡腳地悄悄跟上。

政田走進了看來並不算特別高級的公寓入口大廳。只見他彎著瘦長的身軀，按下對講機上的房號，與接聽的人簡短交談。內側的自動門隨即打開，政田鑽了進去，走向電梯廳。這一連串舉動全被我拍成了照片。

待政田消失蹤影，我低頭看向羽絨外套的左邊袖子，勾到小貨車車斗的地方出現了十公分長的破洞。

我用通訊軟體把照片傳給間戶村先生，順便報告這件事。

『跟蹤期間外套破了，我想請求賠償。』

間戶村先生很快來電，我接起來。

「喂，我是坂木。」

『錠也，你果然厲害！』

偌大的聲量直接撞擊鼓膜，我把手機拿離耳朵。

『這太勁爆了！不光公寓的入口大廳，連政田的臉也拍得一清二楚，簡直完美！』

政田宏明是演藝經歷超過二十年的資深男演員。根據間戶村先生的事前說明，聽說年紀比他小的老婆現正有孕在身；而近來政田每天拍完戲，都會讓兼任司機的經紀人先回去，自己再開車離開，卻不是往自家所在的杉並區方向。身為週刊雜誌記者的間戶村先生掌握到了這條消息後，直覺這當中一定有鬼，曾兩次想要尾隨政田，卻兩次都被甩掉，最終用回老方法，把這項工作委託給我。

『這在哪裡？我馬上過去，把地址告訴我。』

「我先掛電話，把所在位置傳給你。」

利用地圖程式確認現在位置後，送出連結，很快又接到來電。

『我從公司搭計程車，三十分鐘左右就到。啊，你外套多少？』

「兩萬六千圓。」

其實是四千兩百圓。

『哇塞！錠也，你穿的還真好。我十九歲那時候都是穿五千圓上下的便宜貨。好，總之我現在就搭計程車過去。』

話筒中傳來他向司機告知目的地的聲音。

「間戶村先生，我可以回去了嗎？」

『咦？你趕時間嗎？』

「沒有，但反正政田三十分鐘內也不會出來。」

『那可不一定，搞不好這段期間他就出來了，你能不能等到我過去？』

「可是你之前說過，我不用做這些無聊的事情。」

『這嘛……好吧，嗯，我知道了。』

約好兩天後在老地方給我酬勞，掛斷電話。

把手機塞回牛仔褲口袋裡時，手指碰到了鑰匙。不是摩托車也不是公寓的鑰匙，而是和它們一起串在鑰匙圈上，和小指差不多長的老舊銅製鑰匙。圓柱狀的鑰匙軸前方，有著結構簡單的凹凸刻槽。我不知道這把鑰匙可以用來打開什麼東西，但因為有著廉價玩具般的質感，說不定其實並不具有開鎖的功用。我只知道這是我被送到育嬰院時，身上唯一帶著的東西。還在襁褓中的我，連同這把鑰匙一起被送到了育嬰院，兩歲的時候再被送到埼玉縣的育幼院「青光園」。當然我根本沒有那時候的記憶，但打從懂事開始，我就一直把鑰匙隨身放在口袋裡，在青光園裡與二十人左右的孩子們一起生活。有的孩子年紀和我不相上下，有的已經是高中生。

我把右手伸進外套領口，隔著襯衫按住左胸。心臟一如既往緩慢跳動。不管從事多麼危險的事情，這顆心臟都不會加快跳動的速度。彷彿對主人置身在何種情況下一點興趣也沒有，始終像這樣平淡地，持續著和緩的跳動。

聽說這是我這種人的特徵之一。

「我知道錠也是什麼人喔。」

為我揭開自己真正面貌的人，是我最喜歡的光里姊。

「像錠也這種人啊。」

在青光園的庭院，堆放遊樂器材的陰暗倉庫裡，她告訴了我那個名稱。

「就是所謂的精神病態者喔。」

（二）

「錠也，一樣咖啡好嗎？」

「好。」

「那兩杯咖啡。」

「請問要熱的還是——」

「熱的就好。」間戶村先生打斷女服務生問話。可能是想要稍微回敬，她非常刻意地回以明顯是假笑的笑容，然後才轉身離開桌邊。

「笑咪咪的真可愛。」

間戶村先生用聽來一點也不像在促狹的語氣說道，打開了電子菸的開關。他從三個月前開始改抽電子菸，但總是每吸一口，就露出作嘔的表情。這麼不喜歡幹嘛還要抽？但我沒問過，所以不知道答案。

「啊，對了，你外套是哪裡破了？」

我秀出羽絨外套的左邊袖子。

「嗚哇，這怎麼破的啊？」

我描述了騎著摩托車追逐政田宏明時的情況，間戶村先生聽得入迷，目光頻繁地在我的眼睛與嘴巴間飛快往返。我講完後，他才又想起電子菸，吸了口含有尼古丁的水蒸氣。還以為他又要露出噁心至極的表情，這次卻沒有。

「……錠也你還是老樣子，真不是蓋的。」

間戶村先生像是要仔細把我看清楚，上半身往後傾，視線由上到下慢慢打量我。

「好，首先給你外套的錢。」

遞來的信封裡裝有兩萬六千圓。我把裡頭的錢塞進錢包，不需要的信封當場歸還。

間戶村先生拿走信封，再看了眼我身上要價「兩萬六千圓」的羽絨外套，表情停頓了兩秒鐘，但終究什麼也沒說。

「再來是酬勞，這次多給了你一點。」

「很大條嗎？」

間戶村先生猛地收起下巴，瞪大眼睛點頭。

「超級大條。」

聽說樫井亞彌就住在政田走進去的那棟公寓裡。

「哎唷，我嚇得差點魂都飛了。」

樫井亞彌是連我也知道的年輕女演員。她在上一檔晨間連續劇中飾演第二主角，比起同是新人又同年紀的主演女演員還要受到矚目，如今拍了許多電視廣告，有都市銀行、罐裝氣泡酒、隱形眼鏡等等。不論電車裡還是馬路上，都能看見有她特寫照片的廣告。據間戶村先生所言，最近她甚至被提拔為女主角，將出演下個月開始要在黃金時段播出的連續劇。

「不過呢，現在也不知道當不當得成女主角了。因為——」

「讓兩位久等了。」

咖啡送來了。

「放那裡就好。還有牛奶能拿走嗎？很占空間。」

「請問您的餐點都到齊——」

「都到齊了。」間戶村先生再次打斷，這次大概是連擠出假笑的心情也沒有，女服務生直接掉頭離開。

「然後，說回樫井亞彌。」

間戶村先生像要強調衝擊程度似地大聲喝著咖啡，用獨特的很少換氣的說話方式開始說明。

間戶村先生說他和我講完電話後，三十分鐘內就趕到那棟公寓，然後等了大約兩個小時，便見政田一個人從入口大廳走出來。

「當下我就先不管他，你想嘛他有可能會聯絡裡面的女人啊。不對，其實那時候我還不確定他是不是有其他女人，也不知道那裡就是樫井亞彌的住處，只是一心祈禱著不管是女演員、歌手還是不紅的偶像誰都好，反正快點跟著出來吧。」

間戶村先生就這麼一路祈禱到早上。

「哎呀我當下真是渾身直發抖。雖然用眼鏡和帽子遮住了臉，但明顯是個身材纖細的大美女，遠遠看去還是很醒目，過了幾秒之後我才突然發現，『哇太猛了，她是樫井亞彌！』所以我就衝上去採訪了她。這種時候當然要用點小技巧，也就是開門見山，直接問她說：『請問您和政田先生是什麼關係？』結果樫井亞彌的臉蛋刷地變白，全身僵住不動，這根本是YES了嘛。」

後來間戶村先生又對樫井亞彌追問了許多問題，但她只是慘白著臉，什麼也沒回答，最後用顫抖的聲音說了：「請您透過事務所提問。」間戶村先生還故意模仿了她說這句話時的樣子。

「這簡直是不打自招，等於承認自己做出了無可挽回的事情。因為她居然這樣回答耶。」

間戶村先生又模仿了一次，說完後轉向我。他的雙眼因為期待著對方的反應而不斷張大，最終張大到了可以看見一整顆黑色眼珠——隨後驟然瞇起。

「你還是一樣，連一點興奮的『奮』也看不出來。」

「你是想說興吧？」

「沒錯沒錯。」

間戶村先生三十四歲，比我大了十五歲，因為過著不規律的生活，臉上已經出現不少皺紋。身高並不比矮小的我高多少，但異常茂密的剛硬直髮卻快要溢出般地長滿整顆腦袋，所以看起來也像是本來很高大的人，後來卻縮小了。他在大型出版社總藝社旗下的《週刊總藝》當了五年記者，如今是挖掘獨家新聞的好手，從一年前開始已經拿到了好幾次勁爆頭條。而他挖到的獨家新聞，幾乎都是我幫忙取得的。

每次委託工作的時候，間戶村先生一定會用錄音筆錄音，然後用很模稜兩可的方式向我說明。例如這種情況出現在這種地方的時候，很可能是什麼事情，只要能證明這是真的就有錢賺等等。這好像是間戶村先生的一種策略，萬一事後出了什麼問題，就可以推脫說不是他委託我的，而是我自己要去調查。因為是僱用未成年的人從事危險工作，我也知道他需要為自己留條後路，但我不曉得把這種對話錄下來是不是真的有用。大概一點用場也派不上吧。

不過，反正就算警察找上了我問話，我也不打算說出總藝社和間戶村先生的名字。原因很簡單，因為這麼做對我沒好處。我不想丟了這份工作，害自己失去唯一的收入來源。

「總之下一期就會刊登了，敬請期待吧。刊頭和特輯的版面都會留給它。」

會開始承接間戶村先生的委託，契機在於離開青光園後做的第一份工作，也就是摩托車快遞。

為了寄送急件資料和儲存裝置，出版社經常使用摩托車快遞。間戶村先生打從以前開始，也時常委託我原先工作的「速度太郎」。經過了幾次的委託送件後，他注意到只有我負責配送的時候，貨物會以極快的速度送達，不久後便開始指定我配送。無論傾盆大雨還是颼暴風雪，我都能迅速將貨物送達。因為薪水是抽成制，但最主要也是為了讓自己能保持「正常」，我才會這麼拚命。某天去總藝社的收件處取件時，間戶村先生叫住了我。他問我，為什麼我每次都能送那麼快，我回答，單純只是因為我騎得快。

「可是，下雨和下雪的時候，你都不會怕嗎？」

我從沒產生過害怕這種心情。

打從懂事起到現在，一次也沒有。

對於間戶村先生的問題，我已經記不得自己具體回答了什麼。直到後來我才聽他提起，原來間戶村先生當時冒出了這樣的想法。

——這傢伙真危險。

然後他又心想。

——如果能讓他替我工作，搞不好能成為強大的武器。

於是間戶村先生當場開始拉攏我。他說他會支付優渥的報酬，問我願不願意做些危險的工作，例如跟蹤車輛和潛進別人的房子，說得非常直截了當。我問了具體的金額，聽到答案後，覺得這份差事還不錯。當天的貨都送完以後，我再度回到總藝社，走到接待櫃檯撥打了間戶村先生告訴我的手機號碼。間戶村先生很快就搭電梯下來，帶我到附近的簡餐店。也就是現在這間簡餐店。自那之後，我們都在這裡討論事情和交付報酬。

間戶村先生委託的工作五花八門，比如潛入某棟建築物確認某項事實，又比如跟蹤某人拍下照片。有時候拍到的照片會像這次這樣，直接刊登在雜誌上；有時候間戶村先生也會依據我取得的證據深入採訪，最終寫成一篇報導。委託開始之前，間戶村先生會一面錄音，一面簡單說明情況，還有該去哪裡、該拍什麼照片、該確認什麼事情等等，我再依著自己的做法加以實行。我最擅長的是騎車追蹤，也曾從一棟大樓跳到另一棟大樓，只為了拍下出入公寓房間的人；也曾經像個聖誕老人，從排煙管潛進與黑道有關的詐騙集團承租的店面，藏在天花板裡偷聽並把對話錄下來。間戶村先生根據這些情報得到了獨家新聞，而我不只能拿到錢，還能藉由做這份工作，勉強讓自己維持在「正常」的狀態。

「這些是報酬。」

間戶村先生從包包裡拿出信封。我把裡頭的八萬圓塞進錢包。除了基本的六萬圓，這次多了兩萬圓。我不知道每次給我的這些報酬，都是間戶村先生自己自掏腰包，還是來自公司的經費。不過，我想他不太可能與公司聯手，讓未成年的人從事這種工作，所以我猜多半是他自己的錢。聽說寫出了獨家新聞後，公司也會提供「爆料獎金」，金額高的時候，甚至等同中堅上班族一個月的薪水，所以就算是自掏腰包，間戶村先生手上應該也還留有不少錢。

「啊對了，錠也，藥給你。」

間戶村先生收起我歸還的信封，順便再從包包裡拿出兩盒藥。

「這次的我來付。」

「沒關係嗎？」

「小錢啦。」

間戶村先生是某個藥品代購網站的會員，我都定期請他幫忙購買抗憂鬱劑阿米替林（amitriptyline）。購買這款藥物需要醫生開立的處方，但若利用那個網站，就算沒有處方箋也能從國外購買。我因為還未成年，無法註冊為網站會員，向間戶村先生提起這件事後，他便主動提議要幫我買，所以我每次都像這樣麻煩他。不過，其實我沒有憂鬱症。我想要的，並不是阿米替林的主要作用，而是它帶來的副作用——能使心跳加快這一點。

「嘿、咻。」

間戶村先生用力把背靠在椅背上，看向手錶。

「快五點了嘛。錠也，偶爾要不要一起吃個飯？」

「不了，我跟朋友還有約。」

間戶村先生的眉毛倏地往上挑，但很快又放下。可能是因為他第一次從我口中聽到朋友這兩個字。認識間戶村先生的這一年來，我也不記得自己曾說過這個字眼。

「好吧，那我一有什麼消息再聯絡你。這次因為很大條，可能有好一陣子火力都會集中在這件事情上。」

「那我靜候通知。」

我抓起側背包，起身準備離開，但突然想起一件事，重新回頭。

「對了，間戶村先生。」

「嗯？」

「那個事件——」

「哪個事件？」

「就是之前請你幫我找到報導的——」

十九年前的冬天，刊登在週刊雜誌上的一篇報導。

埼玉縣有名孕婦遭散彈槍擊中的事件。

「……不了，沒事。」

我對張口欲言的間戶村先生行了一禮，斜背著側背包走出簡餐店。新宿巷弄裡的居酒屋開始開門營業，櫥窗上貼著「忘年晚會」。隆冬的太陽眼看就要沒入地平線，朝天聳立的無數大樓漸漸地變化成了角柱形的發光體。

（三）

終於知道自己的身世，是在去年春天，也就是離開青光園之前。

事實上在那之前，我甚至對自己的身世絲毫不感興趣。反正一定和其他孩子一樣，不外乎是因為家暴、疏於照顧而與父母隔離，不然就是因為經濟因素而被拋棄，所以我刻意不讓自己產生好奇。也因此，當磯垣園長在停車場叫住我的時候，我最多只知道自己母親的名字叫作坂木逸美。

太陽西下前，在青光園的停車場的我，正用黑色膠帶把摩托車座墊的破洞補起來，背後傳來磯垣園長的聲音。

「聽說你通過面試了。」

回頭一看，園長因為背對著夕陽，臉部一片漆黑。只有呈四方形突起的髮型、線條彎彎曲曲的耳朵，和耳朵上方的鏡架輪廓顯得很清晰。

「新的工作環境應該很適合你……不過，還是要小心別發生意外。我常聽別人說，這份工作很危險。」

那一天我收到通知，說是之前去東京都內摩托車快遞公司參加的面試通過了。在那之前，有三年的時間我都在園長介紹的林務土木公司打工，賺取高中學費。學費一年大約四十萬圓，我把剩下的錢存起來，高二的時候考到了摩托車駕照。升上高三後，買了中古的山葉WR250R。是輛車速能與重機街車媲美的越野重機。雖然價格異常便宜，我猜八成是事故車，但外觀嶄新潔淨，截至目前為止也只故障過兩次。

「我會小心。」

我回完話後，園長便不吭一聲，站在原地不動。我重新面向摩托車，繼續用膠帶貼補座墊。同時心想著，園長來找我似乎是有話要說。十之八九是想來傾訴自己內心的感傷吧。在青光園裡，我一直是個「特別的孩子」。對於我終於要離開青光園，老師們無不感到如釋重負。想必是如釋重負後，那份安心又轉變成了懷念那一類的情感，想要來傾倒在我身上。

然而，我的預測落空了。

「你記得老師曾經說過，我小時候也是在育幼院長大的吧。」

園長這樣起頭，語氣像在說著早就準備好的台詞。

我記得那是小學二年級的冬天，大家在青光園餐廳舉辦火鍋派對的時候。園長說他也和我們一樣，是在育幼院度過童年。那所育幼院在茨城縣，園長從小學到高中都在那裡度過。在那裡生活的期間，園長開始夢想自己將來也要開一所育幼院。長大後他也實現了自己的夢想，成立了青光園。園長說他成立青光園後第一個收容的孩子，就是當時還在育嬰院，年僅兩歲的我。

「老師長大的茨城縣那所育幼院——」

短暫的遲疑過後，園長接下來的話語完全出乎我的預料。

「你的母親也曾待過。」

我把膠帶放在座墊上，站起來轉身面向園長。因為身高不高，就算我站得筆直，也還是要仰望園長。園長背對著的夕陽依舊懸掛在他身後。所以每當我想起自己身世的時候，必定會跟著想起磯垣園長四方形的頭部輪廓。

「你母親也是在同一所育幼院裡長大。」

母親也是在育幼院長大這個事實本身並不值得驚訝。因為院童的父母大多也曾是院童，這在我們之間是非常普遍的常識。我們都知道，自己身處在不幸會喚來不幸、絕望會喚來絕望的死胡同裡。倒是曾和母親一起長大這件事，園長為什麼一直拖到現在才說？

「因為我覺得要等你……等錠也的年紀大到可以接受事實時再說。」

雖然得到了這個回答，但我還是不明白。

「接下來要告訴你的事情，我對任何人都沒說過。連戶越老師也不知道。」

戶越老師是青光園成立後僱用的第一個職員，在我離開青光園的時候已經五十幾歲了。

「這件事可能會讓你覺得很難過。但是，總有一天你一定會知道。不管是透過什麼樣的方式，我想都由老師先告訴你比較好。」

說完這些開場白後，園長終於開始訴說。

園長說他因為父母的緣故，小學五年級時就被送到那所育幼院。之後沒過多久，我的母親也進去了。

「當時你的母親才四歲，大家都小逸長、小逸短地喊，對她非常疼愛。」

聽說母親會被送進育幼院，是因為她的父母，也就是我的祖父母，經營螺絲工廠失敗後破產。母親被送到育幼院以後，很快就在茨城縣的鹿島港海底發現了祖父母的小貨車。似乎是夫妻攜手共赴黃泉。

「這些事是小逸告訴我的。她好像是在父母親的喪禮上，聽到了遠房親戚的對話，自己得出了這樣的結論。」

因為她向來是個聰明的孩子——聽見園長這麼說的時候，我從他的語氣猜到，母親可能已經不在人世。

以結果來說我的猜測沒有錯，只是死法令我感到意外。

「老師年滿十八歲就離開了育幼院。白天在建設公司上班，攢下將來要開設育幼院的資金，晚上就認真讀書。不過，我偶爾還是會打電話回去，也會回去玩，和你的母親處得很不錯。」

母親雖然希望能被收養，但最終沒能如願，和園長一樣在育幼院待到了十八歲。後來透過職員的介紹，她開始在埼玉縣觀光地區的日式高級料理餐館當服務生。

「從那之後，我很少再和你的母親聯絡。等我終於做好了準備，要成立這所青光園的時候，才久違地想到要聯絡她。因為小逸和我一樣被送到了育幼院，又在院裡生活長大，所以我有很多事情想找她一起商量。」

那年秋天尾聲，園長打了電話到母親以前對他說過的高級料理餐館。但是，電話無人接聽。後來他親自跑了一趟，發現餐館早已倒閉，處處雜草叢生。園長向鄰近的其他餐廳，打聽有關料理餐館的消息，得知餐館早在半年前就倒閉了。他也打聽了曾在那裡擔任女服務生的坂木逸美，但誰也不認識她。園長於是走進附近的店家一間間詢問。

「數不清是第幾間，我走進一家小料亭後，總算有人知道小逸的下落。」

園長立刻前往對方告訴他的地點。

那是間從晚上開到凌晨的酒吧，在裡頭工作的母親負責調酒，與客人談天。店內並不乾淨，而且充斥著菸味，母親同樣是邊工作邊抽菸喝酒。

「總覺得看起來，她是在勉強自己抽菸和喝酒。」

園長走進店裡的時候，已經有幾個看來像是黑道的粗野客人，無禮地叫著母親在那間店使用的假名，把菸盒和打火機扔到母親身上，不問一聲就往母親的杯子裡倒威士忌。

終於那些客人離開後，園長才有機會與母親說到話。

「她說她就住在酒吧旁邊的便宜公寓。那間公寓的房東，同時也就是酒吧的老闆。」

以前工作過的日式高級料理餐館倒閉後，母親也拿不出錢來支付原本公寓的房租，只能夠找新工作。但她找了很久始終沒有著落，最後只有那間酒吧願意僱用她。對方僱用母親的條件，就是必須搬進老闆持有的公寓，但相對地入住也不需要保證人。

「雖然她說才剛工作三個月，但那間店的環境實在不好，我不想看到小逸在那種地方上班。可是，老師也沒有多嘴干涉的權利，所以什麼都說不出口。」

然而——

「臨走前，小逸送我到店門外——」

就在那個時候，母親坦承肚子裡已經有了孩子。

「她說已經五個月了。因為她穿著很寬鬆的襯衫，老師完全沒看出來。」

知道了這件事後，園長再也無法保持沉默。他說他罵了母親一頓，既然肚子裡懷有孩子，就不應該再抽菸喝酒。但母親表示，拒絕的話，很多客人都會生氣，所以她沒有辦法完全不碰。而且倒在她杯裡的那些酒，都能算在她的業績裡頭，因此為了存錢待產和撫養孩子，她也是無可奈何。

園長問了孩子的父親是誰。

「可是，小逸不肯告訴我。」

園長這麼說的時候，身後的夕陽沒進了青光園的屋頂後方。夕陽在完全沉下去之前，一度發出了刺眼又火紅的光芒，隨即黯淡消失。消失後，園長的表情反而變得清晰，他的雙眼在昏暗中筆直注視著我。比起嚴肅，他的眼神更接近冷靜。是那種在確認對方是否不疑有他地相信了自己所說話語的眼神。打從懂事開始，我就能夠解讀他人的表情。無論對象是大人還小孩，我都能感覺出對方是在說真話還是假話；以及如果聽信對方的話語，對自己是有害還無害。所以在那個當下，我察覺到了園長所說的話語中有某部分在「說謊」。

「那後來呢？」

我催促園長說下去，他的眼中有一瞬間流露出了安心。這讓我知道，自己的想法是正確的。但是，我什麼也沒問。因為我有預感，知道了對自己沒好處。我一向遵從自己的直覺。

「老師希望能夠盡力幫上小逸的忙，而且我也不是隨口說說。當然，我做得還是不夠充分，但能做的我都做了。」

園長把他用來開設育幼院的部分資金匯給了母親，給她當作生活費，也幫忙四處尋找新的工作機會和住處。但是，找得並不順利。園長自己也已經向當時任職的建設公司表示要辭職，很多事情都是還不知道結果就要著手進行，所以無論是經濟上還是精神上，都已經沒有餘力。甚至還不確定能否向行政機關取得育幼院的開設許可。

「可是，如果能夠順利取得許可，也成功開設了育幼院，我本來打算邀請小逸來當育幼院的職員。」

如果事情真的能夠這樣發展，母親的人生與我的人生，一定會與現在截然不同。母親更是連人生的長度都會出現莫大的變化。但是，就在園長為了開設育幼院而四處奔走的時候。

「發生了那起事件。」

就是之前拜託過間戶村先生，請他幫我找來報導的那起事件。

距今十九年前的十二月某日傍晚，一個三十來歲的男子帶著散彈槍，闖進了母親工作的酒吧「佛蘭崔絲卡」。散彈槍是男人的父親用來獵鹿的獵槍，而當時在店裡頭的，只有正在做開店準備的母親一個人。男人要求母親拿出店裡的現金。母親回答，現在店裡沒有任何現金。但是事實上，擔任店長的女性昨晚並沒有把當天的營業額帶回去，所以吧檯內側的櫃子裡放有一筆不小的金額。不知道是不是察覺到了母親在撒謊，男人闖進吧檯內側，開始翻箱倒櫃。

母親上前制止了他。

「看在小逸眼裡，那些可能不只是店裡的錢，更是她的生活費和生產費吧。畢竟店裡的錢要是被搶走，本來要支付給她的薪水也可能就這麼沒了。」

然而，她怎麼也沒想到男人會毫不遲疑地扣下扳機。

「男人開槍的時候，小逸雖然及時轉身，避免了被正面擊中——」

但飛散開來的無數彈丸還是埋進了她的身體裡。

附近農家的男性聽到槍聲跑來，往店裡頭一瞧，發現母親倒臥在地，那個男人則站在她前面動也不動。男性撥打了一一〇報警，而警察趕到的時候，男人還是沒有移動半步。

男人很快被逮捕。

他的名字是田子庸平，沒有工作，十幾歲時有過強盜傷人的前科。

「小逸中彈後昏迷不醒，被送到了醫院。」

當時懷胎八月的母親立刻接受了彈丸的摘除手術，但因為彈丸是從斜後方進入身體，有好幾顆彈丸都深陷在脊髓與腰椎旁邊，無法全部取出。因此，儘管還有幾顆彈丸仍留在母親體內，醫生也只能結束手術。手術後，母親曾短暫恢復意識，和警察、醫生以及園長說了一些話，但是傷勢再度惡化，又一次陷入昏迷。

「醫生馬上剖腹把你取出來。但是，小逸再也沒有醒來，在醫院離開了人世。」

自那之後過了約莫兩年，園長成立了青光園。

「我最先收容的孩子，就是被送到育嬰院的你。」

園長的回憶至此結束。

在酒吧「佛蘭崔絲卡」發生的這起事件，在社會上應該沒有引起太大的關注。從間戶村先生為我找來的第一篇報導，就能看出篇幅很小，後來又因為政壇和演藝圈接連爆出了大新聞，不再有後續報導。在埼玉縣這間小酒吧裡發生的槍擊案，很快就被世人遺忘。也沒人知道歹徒田子庸平現在人在哪裡，從事什麼工作。

就這樣永遠也不知道，想必是最好的結果。

多虧了光里姊，我才知道自己是什麼樣的人。萬一我知道了田子庸平人在哪裡，我一定會去找他，然後報仇。並不是為了被殺的母親。我根本不記得母親長什麼樣子，所以不論從前或現在，老實說我心裡對她一點感情也沒有。不管園長向我轉述的母親人生有多悲慘，她又有多可憐，這點都不會改變。我是想為自己報仇。聽著園長述說過往的時候，我內心對那男人產生的恨意，是因為他從我這裡奪走了本來可能存在的另一種人生。並不是要和現在的人生做比較，覺得哪一邊可能更好或更能活得像個正常人，跟這種事完全無關。我只是無法忍受，有人奪走了屬於我的東西。

（四）

我和烏龍相約六點在大宮站見面。

騎摩托車從新宿過去只要三十分鐘就到了。我打算見面前，先在大宮站附近買件新外套。烏龍比我早一年離開青光園，所以我們已經兩年又九個月沒見過面了，我總不能穿著一件袖口有破洞的羽絨外套赴約。

走進暮色低垂的小巷，往停放摩托車的地點移動。每次在剛才的簡餐店與間戶村先生碰面時，我都會把摩托車停在那裡。地點在新宿御苑附近，有段人行道比較寬敞，種著一株銀杏還擺有兩張長椅，從早到晚都被隨意停放的自行車和摩托車團團包圍。彷彿只有那裡是警察看不見的無法地帶，大家總是隨心所欲亂停——

「……你在幹嘛？」

我開口叫住那個把一頭褐髮固定成了噴泉狀的男人。

是準備要去上班的男公關嗎？男人一身黑色西裝搭配白襯衫，沒有打領帶。至於我為什麼向他攀談，是因為他踢了我的摩托車。而且不只一次，還兩次。第二腳更讓我的山葉WR250R倒向灌木叢，左邊握把前端在銀杏樹幹上劃出了一條縱向刮痕，最終卡住不動。

男人先是轉動眼珠朝我看來，確認了我的模樣後，接著才轉過全身。他比我高了二十公分左右，非常刻意地板起不高興的臭臉，眼神充滿攻擊性，半張著嘴巴，發出了聽來就很愚蠢的「啊？」一聲。可能是出來幫店裡買東西，手上提著裝了兩瓶酒的塑膠袋。瓶身是茶色的，應該是威士忌或白蘭地，但我不會分辨。

「那是我的摩托車。」

「你說啥？」

「車體應該有不少損傷，請賠償。」

男人撐起上眼皮把眼睛張大，下巴往上揚，叫著「喂」走向我。

「停車看一下地點啊。」

「你為什麼踢我的摩托車？」

「因為你的摩托車撞到了我的袋子。」

仔細一瞧，男人手上的袋子確實有條短短的水平擦痕。

「所以是你的袋子撞到了我的摩托車吧。」

「你說啥？」

男人重複著和剛才一樣的話，伸長手抓住我外套的衣領，然後轉動拳頭把布料捲進掌心，把我朝他拉過去。我在被拉過去的同時掏出手機，確認時間。就算在這裡稍微花點時間，應該也還夠我到大宮買件外套。往旁邊一看，有棟老舊的低矮大樓。對開的玻璃門內昏暗不清，但至少能肯定裡頭沒人。看起來也沒有類似管理室的房間。我等著男人揪起衣領的手放鬆力道。等了大約五秒鐘後，男人稍微鬆手，我立即從他提著的塑膠袋裡抽走一瓶酒，轉身就往大樓走去，穿過玻璃門。多半完全沒料到我會有這種舉動，男人愣了一拍之後，才大吼大叫著追過來。在男人打開玻璃門走進大樓的同時，我高舉右臂揮下酒瓶。男人的臉歪向另外一邊，整個人跟著轉了一圈倒在地板上，就此不再動彈。不對，是開始痙攣。就好像機器裡頭有枚齒輪鬆脫了，他的全身劇烈顫抖，喉嚨深處斷斷續續發出了像是笛子走音的喘氣聲，迴盪在狹窄的大廳裡。過不久，男人的手腳似乎稍微恢復了點知覺，他用雙手抓著自己的臉，胡亂地踢蹬起雙腳。只有眼睛往我看過來，眼看著浮現出越來越多的血絲。腳上的皮鞋不停摩擦著水泥地面，好比吉娃娃想在木質地板上奔跑那般，嘴裡也冒出大量鮮血，從他摀著臉的手指間滴落下來，弄髒了地板——最終，男人毫無意義地踢蹬著的雙腳總算踩到地面，他急急忙忙跳起來。結果，臉部用力撞上牆邊的信箱，他貼著牆壁做出了僵硬又不自然的奇怪動作，好像全身關節是由鉸鏈串在一起似地，最後又慢慢下沉，癱軟在地。灰牆上留下一道縱向血痕。我掌心向上往前伸，男人從摀著臉的手指間，露出像鬥牛一樣眼皮外翻的雙眼看我。

「摩托車修理費。」

男人伴隨著吐氣聲，沙啞地「是、是、是、是」應著。

「三萬就好。」

看男人毫無動作，我抬起右腳，用力踩下。男人的一隻手從臉上被扯下來，夾在皮靴與地板間遭到狠狠擠壓。男人頭一次從喉嚨裡頭發出了慘叫聲，而且是很長的慘叫。不光嘴巴，連雙眼也在哀號。

「動作快點，我趕時間。要是你錢不夠，看身上有多少也行。」

男人立刻把沒被踩住的另一隻手伸向屁股，宛如凶猛的生物般急不可耐地抽起口袋裡的長皮夾。然後，顫抖著手朝我遞來。打開皮夾一看，裡頭只有兩萬三千圓。我把那些錢塞進自己的錢包，再把酒瓶放回男人提著的塑膠袋裡。

走出大樓，牽起倒地的摩托車。調整好歪掉的後照鏡，跨上摩托車，插入車鑰匙。確認時間，只經過了兩分鐘，剩下的時間還非常充裕，足夠我在與烏龍碰面前買件新外套。但因為我對大宮站附近的店家不熟，還是早點過去為妙。我發動摩托車引擎，鑽進移動中的車陣。

烏龍是在昨晚打來電話。

那個時候，我剛把生雞蛋和熱水倒進雞汁麵裡頭，用手機設定了三分鐘的計時功能。手機突然間鈴聲大作，本來我還以為是間戶村先生，螢幕上顯示的卻是「烏龍」。離開青光園時，因為從事摩托車快遞的工作有需要，我買了一台智慧型手機，當時也輸入了烏龍以前告訴過我的電話號碼，但這還是他第一次打來電話。

『喂，錠也嗎？』

「嗯，好久不見了。」

烏龍先為他至今都沒聯絡向我道歉。

『總之因為我太忙了。』

烏龍比我早一年離開青光園，然後在磯垣園長幫忙牽線的中古車販售連鎖店「汽車唐吉」當銷售員。我問他現在還在那裡工作嗎？他說還是一樣。

『我的業績還不錯，有時候某些月分還是全店第一名。』

「因為你很擅長推銷嘛。」

『還好啦。我想也是因為運氣不錯。』

三分鐘到了，手機在耳邊發出鈴聲。我關掉計時器，把手機夾在耳朵和肩膀之間，用筷子攪開雞汁麵的麵條。本來想邊吃邊講電話，但結果我還是等到和烏龍講完電話，才開始吃起雞汁麵。其實講電話的時間不長，麵條也沒有泡得太軟，但我還是吃得食不知味。因為我太在意剛才電話裡的內容了。

『錠也，你現在一個人住嗎？』

「對啊，你呢？」

『我還住在離開青光園後搬來的公寓。』

「一樣還是一個人嗎？」

烏龍沉默了短短幾秒鐘後，回答他現在和父親一起住。我停下了正把麵條攪開的筷子。

「他出來了？」

『嗯，出來了。所以，他現在跟我住在一起。到今天剛好滿兩個星期。聽說他一開始都跑去住池袋的愛情賓館。』

「你爸嗎？」

『對，一個人。聽說那種地方，白天可以用超級划算的價格住到。池袋那邊好像還有特別便宜的賓館，我爸白天都在那裡睡覺，晚上就在外面閒晃，這樣生活了好一段時間。最後他因為沒錢跑去超市偷東西，被警察抓到。』

他說警察聯絡了他父親的親戚以後，那個親戚提供了烏龍的電話，烏龍才前往超市接回父親，自那之後就住在一起生活。

『我會打電話給你，是因為我爸的事。』

聽到烏龍這麼說，我只是一頭霧水。

「什麼事？」

但是，烏龍沒有回答。

『我想當面再說。』

就這樣，我們約好今天六點在大宮站東口見。

烏龍上班的那間中古車連鎖店，就在大宮。

## （五）

往埼玉方向的道路比預期還要壅塞。

我在等紅綠燈時一度下車，走到車後把車牌折起來。車牌在收起時發出了卡恰卡恰的聲響，很快便完全看不見了。雖然已經忘了商品名稱，但這是我在網路上花四千四百圓買來的一套工具，可以輕輕鬆鬆地藏起車牌號碼，非常方便。執行間戶村先生委託的工作時，我也一定會把車牌折起來。

然後我無視紅綠燈在大馬路上狂飆，一面回想在青光園的生活。

第一個難忘的記憶，是我在五歲時首次嘗到了英雄滋味的那件事。當時青光園的職員中，有個叫作桐川的男老師。桐川老師會刻意表現得很嚴厲，好像要把自己套進他想像出來的熱血老師形象裡。成天張著充滿菸臭味的嘴巴對我們怒聲咆哮，捶打我們，還會眼眶含淚，說什麼「我打人的手才痛」這類莫名其妙的話，最後就只有他一個人一派神清氣爽地哈哈大笑起來。

桐川老師總是趁著沒有其他人在場的時候，才對我們怒吼和動手動腳，所以磯垣園長和其他老師，誰也沒有發現我們遭受的虐待。某天，幾個國中生商量好了要向園長告發桐川老師，其他人也同意了，卻在付諸行動前被高中生們攔下來。因為他們擔心有可能遭受到比現在更可怕的對待。園裡的孩子們早已經習慣了死心看開，所以最終也同意高中生們的看法。就這樣，大家每天面對桐川老師都過得膽顫心驚，在胸口深處不斷累積著淤泥般的情感。所謂大家，當然是指我以外的人。

我一直等著那淤泥般的情感，在孩子們的心裡累積到了快要滿溢而出的地步。因為我認為如果要向桐川老師還以顏色，那時才是最好的時機。

而這個時機，就在某年夏天的中午到來了。

園裡有個大我一歲，當時六歲的男孩。後來他很幸運地有人收養，所以我已經不記得他的名字。只記得他有一頭捲髮，皮膚像紙一樣白，瘦得可以說是皮包骨。那天下午，他擲出去的飛盤砸到了桐川老師停在停車場的車子，留下了白色的痕跡。這一幕碰巧被桐川老師撞見了。老師帶著那個男孩走到園舍旁邊，告誡他對待事物要有愛惜之心，然後用力拍了他的頭。男孩的頭猛然往旁一歪，但他削瘦的雙腳穩穩地踩住地面，沒有移動半步。而他的腦袋在晃動了一會兒後，突然保持著還有些傾斜的角度定住不動，雙眼瞪向桐川老師。眼神非常犀利。擔心地跑來偷看的幾個孩子都看著這幅畫面，我也在稍遠的地方注視著兩人。

桐川老師低聲對瞪著自己的男孩說了些什麼。男孩沒有回答，只是用幾乎要將人刺穿，傾注了所有情感的眼神，繼續瞪著桐川老師。儘管沒有發出聲音，也看得出來他並不是因為害怕，而是有太多話一鼓作氣湧上來，哽在了喉嚨。桐川老師又不知道說了些什麼，抬起一隻手放在男孩肩膀上。他明明是右撇子，放的卻是左手，緊接著稍微彎曲膝蓋，我就猜到了接下來會發生什麼事。果不其然，桐川老師把右手握成拳頭，揍向男孩的肚子。男孩的身體彎成く字，嘴裡吐出了笨重的氣音。他的膝蓋以下彷彿忽然消失，身體倏地下沉，下個瞬間，男孩嘔了出來。

桐川老師要男孩把嘔吐物清理乾淨。我本來以為他會再多做掙扎，結果沒有。可能是內心的情感已經跟著一起吐了出來，男孩依言照做。他踩著搖搖晃晃的步伐準備走去園舍，大概是要去拿抹布，桐川老師卻命令他用手清理。

男孩一次次地從地面捧起一些自己的嘔吐物，跑到園舍旁的洗手台沖掉，再跑回來繼續捧取。大家始終在旁邊靜靜看著。與此同時，我忽然想起了當晚是青光園每年夏天都會舉辦的「煙火之夜」，一直等待的時機終於到來了，我心想。

晚飯過後，老師和孩子們都往庭院聚集。

「煙火之夜」共準備了六袋煙火組合包。趁著大家拿水桶去汲水、點燃蚊香的時候，我偷了一包塞進T恤底下，謊稱要去廁所，離開現場。然後，我在空無一人的園舍裡拿出組合包，裡頭裝有約三十枝的手持煙火和三個升空煙火。我跑進廁所，把廁紙鋪在馬桶蓋上，拆開煙火的包裝紙取出火藥。等取完了所有煙火的火藥，就用廁紙包起來揉成一團，體積變得比高爾夫球還要大。

我拿著火藥丸走到教職員室，尋找桐川老師的公事包。找到了車鑰匙後，從窗戶跳到停車場，打開車門，拉出菸灰缸把火藥丸塞到最裡面。接著再把車鑰匙放回公事包裡，回到庭院，和大家一起享受夏天的煙火。我還以為會有人發現煙火少了一包，想不到誰也沒發現。

還未就讀小學的孩子們，熄燈時間是晚上八點。

我躺在雙層床鋪的上層閉著眼睛，在眼皮底下轉動眼珠打發時間，隨後從遠處傳來了叫喊聲。聲音悶悶的，好像是小矮人在保鮮盒裡頭發出尖叫。我坐起身，伸長手臂稍微拉開窗簾。在三角形的夜景中，停車場裡有輛車子的駕駛座非常明亮，桐川老師從車裡衝了出來。他身上的T恤爽快地熊熊燃燒。那個時候，桐川老師看起來像是全身都已燒得焦黑，但因為隔天早上知道了他沒死的消息，所以我想只是他沐浴在火中的輪廓，讓我那麼以為而已。

一大清早，我們全被叫到講堂集合。雖說是講堂，也只有五坪大小，每次大家都在屋裡擠成一團。房間很熱，但我是不太流汗的體質，所以每到夏天被叫進講堂集合的時候，背部一定都會發癢。

園長的眼睛底下出現了黑眼圈，站在前面開始說明。當時他的聲音不像在說話，更像是用喉嚨在發出低吼。他說桐川老師已經被救護車送到醫院，暫時需要住院，不知道什麼時候才會回來。

「老師並不想找出犯人。但是，如果有人覺得這件事和自己有關，希望你能現在自己舉手承認。」

當時的我當然還不懂得矛盾這兩個字，但園長說了這麼自相矛盾的話以後，我舉起了手。他眼鏡後頭的雙眼瞪到了兩倍大。

有一天，突然在園子裡發現了一條小毒蟲。可是既不能殺了牠，也不能把牠趕出去，只能夠大家一起小心翼翼地觀察。我想老師們肯定是得出了這樣的結論吧。因為從那一天開始，他們隨時隨地都留意著我。無論是上課或吃飯，自由時間或自習時間，我都感覺得到自己在大人們的視線範圍內。桐川老師最終沒有回到青光園，聽說他去了其他機構工作，但我不知道他是否真的調去了其他地方。

另一方面，我在孩子們之間成了英雄。同年紀的孩子們總是圍繞在我四周，年長的孩子們也很疼愛我。我想大家是藉由這樣做，為自己和毒蟲是好朋友而感到自豪，或是把我當成寵物後覺得自己也是個危險人物，對此樂在其中。我因為對這種情形感到愉快，便偷溜出老師們的視線範圍，試著做了更多的事情。譬如積雪的時候，拿來長長的塑膠繩綁在庭院角落的櫻花樹幹上，再把另一端綁在迴轉式割草機的刀片上，接著坐上雪橇，用兩手抱住割草機後發動引擎。割草機以極快的速度捲起塑膠繩，我也跟著在雪地上一直線飛快滑行。大家看著這樣的我，都發出既開心又興奮的歡呼聲。我還曾經有樣學樣地開過園長的輕型汽車。由於坐在座椅上就看不見前面，我必須站著並在適當的時機踩油門，直到戶越老師拚上性命擋在車子前面為止，我開車的技術已經進步到了能在庭院裡完美劃圈。不過，我也不是一味地調皮搗蛋。在遊樂器材倉庫的屋頂縫隙間，發現有胡蜂築了巨大的蜂窩時，我沿著雨水槽爬到那裡去，用雙手抓著蜂窩跳下來，然後朝著外面的馬路把蜂窩丟出去。蜂窩飛過庭院的圍牆，掉在馬路上。一時間，彷彿有無數道頌經聲同時響起般，胡蜂的振翅聲一口氣擴散開來。老師們立刻把孩子們拉進園舍裡頭，急急撥打了電話。三十分鐘後，業者派了一隊人馬來處理蜂窩。由於那群人的裝備太鄭重其事，比我年幼和比我年長的孩子們，對我更是投以充滿讚賞的目光。

「你都不害怕嗎？」

這麼問我的人就是光里姊。

我不懂什麼是害怕。雖然知道害怕是人類會擁有的情感，但對我來說只是種知識，我從來不曾親身體驗過什麼是害怕，一直到現在也沒有。我搖搖頭後，大我三歲的光里姊隔著眼鏡，用感到不可思議的眼神看我。那是在看著自己不了解的生物的眼神。

六歲那年春天，我開始從青光園去小學上學。我發現自己很擅長讀書。在青光園，同年級的孩子都會跑來問我作業的答案。

由於我對自己在園裡的定位感到滿足，所以在學校反倒什麼也不做，每到休息時間就趴在桌上，聞著木頭的香氣，讓大腦與身體休息。班上同學會嘲笑我沒有父母，不知道誤會了什麼，也曾喊我「野孩子」，知道一點內情的人還會說我「靠人民的稅金生活」，但這種自己與眾不同的感覺反而讓我心生得意，所以都隨他們去說。大概是因為我一直沒有什麼反應，漸漸地從三年級的秋天開始，誰也不再跟我說話，最終演變成了蓄意的無視。自己不理人與被人無視是兩碼子事，不快的感覺蔓延至全身，我決定破壞那些無視我的人的東西。比如在他們面前折斷所有鉛筆、把教科書撕成兩半、撕破他們身上的T恤。同學們會一一向導師告狀，導師再通知青光園。每次接到消息，園長或戶越老師都會趕來學校的教職員室道歉，我也會答應說再也不這麼做，但久而久之這也變得像是種流水作業，越來越沒意思，所以我又重新回到了什麼也不做的狀態。結果直到畢業為止，我只是日復一日地安靜上課，休息時間也待在自己的位置上度過。

（六）

前方已能看見大宮站的圓環。

我在車站前面停好摩托車，走進附近的ＢＥＡＭＳ買了件羽絨外套。因為我很喜歡袖口破掉的那件舊羽絨外套，所以購買時特別挑選了外觀最相近的。新外套剛好特價，打完折後含稅總共一萬三千八百二十四圓。我請收銀員幫忙拿掉外套上的標價牌，當場換上，把舊外套塞進側背包。

抵達大宮站的東口驗票閘門時，已是五點四十八分。

因為距離見面還有點時間，我先走進車站的廁所，就著自來水吃了三顆阿米替林。用手背揩著嘴巴抬起頭時，發現鏡中的我身後有許多穿著西裝的男人在走動，現在大概正是下班時間。有個五十開外的男人就站在我後面，排隊等著洗手，沒來由地可以感覺出他在公司裡多半地位很高。我把藥盒塞回側背包，聽到男人故意要讓我聽見地發出咂嘴聲，我說著「不好意思」走出廁所。

迫間順平進入青光園，是在我國中一年級的時候。

他年紀比我大一歲，全身長滿肌肉，讓人忍不住好奇他到底是吃了什麼長成這樣？肩膀壯碩魁梧，那顆大頭活像是直接從身體裡長出來的一樣，身高好像快要有我的兩倍高。肩膀倒是真的有我三倍寬。

在園裡生活的國中生裡頭，有個女生原本就認識迫間順平。據她所言，迫間順平有過不少英勇事蹟。例如他截至目前為止，打架從來沒有輸過，有一次還跑去打了自己朋友的高中生家裡，把對方揍得滿地找牙。然而，從這些事蹟根本想像不到，迫間順平本人的個性其實很敦厚，不只對年長的人體貼細心，也懂得怎麼照顧比自己小的孩子。而且那時候，他正處在我尚未經歷到的變聲期，講話就像收訊不好的收音機一樣，經常在沙啞後變作無聲。這種獨特的嗓音更是吸引了旁人靠近他。要不了多久，他就成了園裡的人氣王。眼看著對自己的崇拜逐漸萎靡，轉而投向了迫間順平，我內心非常不爽。

冬日的某個傍晚時分，大家在庭院舉辦烤地瓜派對。我用夾子夾著包有鋁箔紙的地瓜，塞到炭火裡頭，等著時機到來。不一會兒，園長搞笑地說了某個我已經忘記內容的笑話。當時，在場所有人的目光都集中在園長身上。我立即從炭火裡頭夾出烤地瓜，壓到迫間順平的臉上。他吃驚得用手臂揮開，烤地瓜滾到了地上。眾人不約而同往我們看來。我故意露出了自己遭到難以置信對待的表情，然後往迫間順平撲過去。他也不得不應戰。

很多人都以為打架是靠力氣決勝負，但他們錯了。事實上，勝敗的關鍵在於你敢不敢毫不遲疑地傷害對方。在老師們介入制止之前，我從地面抓了把沙子，撒向迫間順平的眼睛，還用右手上的夾子打他的頭部側邊。儘管頭歪到了另外一邊，迫間順平還是朝我伸長手臂。我抱住他的手臂，一把抓住他的食指和中指，準備要往反方向折斷，這時好幾名老師撲過來壓制住我。

關於我把烤地瓜壓到他臉上這件事，迫間順平並沒有告訴老師。我不知道他為什麼沒說。總之，在烤地瓜派對上發生的這件事情，就如同我向老師們說明的，大家都以為是他突然找我麻煩，我才生氣和他打起來。

我一直深信著這件事情過後，大家會重新開始崇拜我。因為我兩三下就打贏了大家以為會最強的迫間順平，這也是理所當然的結果。然而，大家的反應卻與我預期的差了十萬八千里。

再也沒有半個人願意接近我。

在這之前，與我同年和比我年幼的孩子們，都對我這個毒蟲心懷嚮往；年長的孩子們也覺得疼愛毒蟲的自己是個危險人物，對此樂在其中。可是就在某一天，那條毒蟲卻刺傷了大家新養的、十分親人的哺乳類動物——大家因而驚覺到，毒蟲早已在不知不覺間長得太大，沒有人能應付得來。所以，大家決定把毒蟲拋在一邊，裝作從一開始就不知道有毒蟲存在的樣子。我也曾試著主動靠近大家，但是，他們卻叫著根本無關緊要的人的名字別過頭去，急匆匆地轉身離開。

這種情形下，唯一願意接近我的人，意外地竟是迫間順平。

因為沒問過理由，我也不知道是為什麼。可能是第一次打架輸給別人，覺得我很厲害；也可能是看到沒人願意接近我，覺得我可憐。無論他的理由是什麼，只要日子可以不無聊，反正對我來說都沒有損失。

自那之後，我們總是形影不離。我告訴他，以後我想考駕照買輛摩托車，他就說他比較喜歡汽車。後來我們常常像在比賽，你一言我一語地說著摩托車有哪裡好、汽車有哪裡棒，爭論得非常開心。

「你為什麼會來這裡？」

迫間順平問我。

「我不知道。」

我說明沒有人告訴過我任何事情，只知道母親的名字叫作坂木逸美。迫間順平拉長人中，不置可否地搖晃腦袋。

「你又是為什麼？」

我也反問，但他好一半晌都維持著相同的表情，愣愣出神發呆。還以為他沒聽見，正想再問一次時，他總算開口回答。

「因為我爸很久以前做了壞事被抓。」

「是喔。」

「我不知道他做了什麼壞事，而且我也從來沒見過我爸。因為他在我一歲的時候就被抓了。然後，我媽在兩年前自殺。我爸被抓以後，我一直是和我媽兩個人相依為命。」

迫間順平腦筋不太聰明，敘述和說明總是前後顛倒。

「後來，是我媽那邊的爺爺收留了我，我們住在一起生活。所以，是爺爺把我送到了這裡來。因為爺爺生病了，反而需要有人照顧，我才會來這裡。」

他說由爺爺撫養他的時候，因為家裡沒錢，晚上會跑去附近的烏龍麵店後門，偷拿店家丟掉的麵條帶回家，燙熟以後再吃。我因為很喜歡這段故事，決定改口叫他烏龍。

當時烏龍說過，他打算在離開青光園以後，再和祖父一起生活。一面工作，一面照顧爺爺。然而，烏龍的祖父卻在他高中三年級的時候，就在他快要離開青光園之前過世了。

「……錠也。」

聽見聲音回過頭，烏龍站在那裡。

## （七）

摩托車打到高速檔，把油門轉到底，一路不停加速。此刻的車速快得讓我產生錯覺，彷彿自己並不是在超越一輛又一輛的車子，而是在左右閃躲從前方駛來的車輛。可是，還是不行。這樣還不夠。我真正想提升的不是車速，而是心跳。

去年春天，磯垣園長在青光園的停車場告訴我母親的事情時，究竟還隱瞞了我什麼？

就在剛才，和烏龍一起走進家庭餐廳以後，我終於知道了。

「和我爸住在一起以後，我才知道這些事。」

坐在我對面的烏龍開門見山就這麼說。

「就是他為什麼坐牢坐了這麼久。」

停下來等紅燈的車輛占滿了雙線道。我從正中央馳騁穿過，車頭燈與車尾燈的光芒在視野左右來回交錯，最終變成了一條橙色直線。前方是橫向往來的車流。我依然把油門轉到底，衝進車陣。

「我爸說他在我剛出生不久，跑進一間酒館搶劫，還對一個女人開槍。」

烏龍說到這裡的時候，我還沒有半點頭緒。不對，母親的事情確實掠過了腦海，但也僅此而已。從園長那裡聽來的母親的過去，就好像一張半透明的底片般浮現在眼前，在那張靜止不動的底片對面，烏龍接著說道。

「那時候，我爸、我媽，還有還是嬰兒的我，都住在埼玉縣。不是這附近，而是更鄉下的地方。我們和我爸的父母住在一起。」

烏龍所描述的過往漸漸變成了另一張底片，飄浮在另外一邊。

「我爸就是闖進了那個小鎮的小酒吧搶劫，射傷了一個女人。」

然後，就在我聽到他接下來話語的瞬間，眼前的兩張底片忽然重疊。明明兩張底片上頭都只有著模糊不清的黑白線條，驚人地完美重疊後，轉眼間變成了一張帶有鮮明色彩的照片。

「我爸告訴了我那個女人的名字。」

警用重機的警笛聲傳入耳中。

「他說她叫坂木逸美。」

隔著擴音器傳出的沙啞笛聲緊追而來。但是，警用重機不可能抓得到我。無論擁有多麼高超的騎乘技巧，他們都不可能追得上不知恐懼為何物的人。

「還在青光園那時候，我們不是聊過父母的事情嗎？我講了我爸的事，錠也也說了你母親的名字。我當時還在想，逸美這個發音真像姓氏，所以印象很深刻，也因此嚇一大跳。因為我還記得錠也母親的名字。後來，我爸拿了這個給我看……」

烏龍從用了很久的老舊運動包裡拿出一本褐色的書，封面磨損得很嚴重，寫著《汽車維修指導手冊》。書頁間夾著一張雜誌的剪報。在烏龍把那張對折的剪報完全攤開之前，我就已經藉著剪報的大小和形狀，察覺到了那是什麼。我之前曾見過。不對，現在也還在我房裡。

「當時我爸還在坐牢，聽說是他朋友剪了這則報導留給他……」

烏龍手中，就是我之前拜託間戶村先生幫我找來的，十九年前的那則報導。在埼玉縣的偏僻鄉鎮，一個男人闖入了正要開店營業的酒吧「佛蘭崔絲卡」意圖行搶，還用散彈槍射傷了正好人在現場，名為坂木逸美的女性。

「我爸說，雖然這篇報導上沒有寫，但其實那個女人後來死了。而且，當時那個女人還懷有身孕，臨死前把孩子生了下來。」

烏龍回想著一字一句地慢慢說，臉龐越來越往我靠近。

「所以我才在想，要當面見見你，向你確認。希望只是剛好同名同姓。這是最好的結果。有人被殺死了，先不討論是好是壞，但如果我爸殺死的，就是你的母親，那該怎麼辦？」

該怎麼辦嗎？

我恨田子庸平。但不是因為母親才恨他。對於從來沒見過面的母親，我一點感情也沒有。我的恨意，是為了我自己。因為田子庸平這個男人，從我這裡奪走了原本可能存在的另一個人生。可是，我至今都不知道田子庸平現在人在哪裡，又在做些什麼，也覺得這樣子就好了。因為一旦知道，我沒有信心可以什麼也不做。

「為什麼他是田子？」

我好不容易開口回話。烏龍歪過他那張大臉，挑起眉毛。他的臉上隱隱透露出了類似喜悅的情感，是因為我問了偏離主題的問題吧。是因為他覺得，自己的擔心是自己想多了吧。但是，我只是想轉移注意力而已。只是想要抑制自己。

「為什麼烏龍叫迫間順平，父親卻是田子庸平？」

其實我早就猜到了答案。烏龍是一歲的時候父親被逮捕，開始和母親兩人相依為命。母親自殺以後，他由母親那邊的祖父撫養，後來祖父生了病，烏龍才進入青光園。烏龍原本是姓田子吧。但是，父親在酒吧開槍傷人以後，直到母親自殺為止的這段期間，兩人應該是離了婚，孩子也改從母姓。

而烏龍的說明，也完全如同我的推測。

「所以直到我爸告訴我，我才知道，原來我一開始出生的時候，是姓田子。但是我媽和爺爺，誰也沒有告訴過我。」

烏龍緊閉著厚唇，等著我開口。遠處傳來了有人拉開椅子的聲音。我沒有吭聲，烏龍臉上若隱若現類似喜悅的情感，也漸漸地淡去消失。但是，我沒有再開口說話。因為許多話語就像硬生生被折斷的木材般哽在喉嚨，而且鋸齒狀的斷面朝上。我站起來，烏龍的目光追逐著我的臉移動。

「我先回去了。」

烏龍直起上半身，發出呻吟般的悶哼。

「喂，我爸開槍射傷的果然是……」

「不是。」

我從桌邊轉身離開。

「不是就對了。」

我已經想不起來自己是怎麼走出家庭餐廳。回過神來的時候，我已經坐在摩托車上，把油門轉到極限。

也不知道究竟騎了多久，警用重機的警笛聲逐漸遠去，早已經無法聽見。我從大馬路騎向另一條大馬路，像是畫出巨大的ㄈ字形，不知何時已經回到了自己在足立區的住處附近。傾斜車身，衝進昏暗的小巷。前輪追逐著車頭燈投下的光線，繼續疾行。但是，進入巷弄以後，摩托車的重量彷彿不斷變重，速度漸漸慢了下來。轉動著油門的手逕自放鬆力道。右手手指按住前輪煞車，右腳也踩下後輪煞車。時速表上的紅色指針慢慢地向零倒去。在我看來，那就像是顯示著自己心跳速率的計量表。最終，紅色指針的尖端指著零。左右腳上的皮靴踩住地面。安全帽鏡片外的幽暗景色隨之靜止不動，瞬間，我覺得自己好像不再是人類，而是一個有著人類形體，沒有脈搏也沒有體溫的塑膠物件。但是在這個物件中，確實還有什麼在吞吐著氣息。

眼前就是公寓旁邊的小型兒童公園。

我關掉引擎，提著安全帽走進公園，聞到了潮濕泥土與樹木的氣味。很像是從前待在青光園的窗邊時，夜裡隨風吹來的那種氣味。有人坐在長椅上看著這邊。我拖著皮靴，從長椅旁邊走過。希望那人不要閒來無事開口找碴。否則我有可能用右手上的安全帽砸爛對方的臉；也有可能在對方倒下之後，還繼續踩住對方的肚子，直到鞋底傳來地面的觸感為止。我刻意不往那邊看，走向僅亮著一盞燈的公共廁所。

我還記得，自己曾和烏龍在公園的廁所裡放聲哈哈大笑。是在一座更大的公園，從青光園走過去要二十分鐘左右。當時我國二，烏龍國三。契機是烏龍某天在園裡吃過晚飯以後，對我說不知道身體與別人貼在一起是什麼感覺。烏龍說他從來沒有挨在父母身上過的記憶，所以完全無法想像，但是，我也一樣沒有過這種經驗。因此我們兩人在夜裡跑進遊樂器材倉庫，試著抱在一起。雖然半是開玩笑，但感覺意外舒服。我覺得烏龍的體溫好像比較高，這麼告訴他後，烏龍則說了和我相反的話。聲音比起耳朵，更像是透過胸腔傳來。呼吸時，還能聞到汗臭味。我們馬上意識到男孩子間這麼做很奇怪，卻還是覺得有些不滿足。於是烏龍提議，要不要試著抱抱看動物。他說祖父第一次帶他來青光園的時候，兩人曾一起穿過附近的一座大公園，他在那裡見到過寫著「相親相愛動物園地」的牌子。我雖然也知道那座公園，但從來沒有進去過。

「既然是相親相愛園地，應該可以摸吧？」

烏龍這麼說。

等到了深夜，我們兩人一起偷溜出去。前往公園後，破壞「相親相愛動物園地」的柵門走進去，裡頭的動物有兔子、天竺鼠、山羊。因為覺得比起小動物，抱大動物應該更好，我們便在一片漆黑的空間裡撲向來回逃竄的山羊，將牠們緊緊抱在懷裡。把不停掙扎的山羊壓制在地，一面小心別被踢到，一面把臉埋進羊毛裡。羊毛比外觀給人的感覺還硬，但底下的皮膚溫暖又舒服。好長一段時間，我們就只是忘我地不斷撲倒並抱住山羊。要是懷裡的山羊掙脫了，就再撲向另外一隻，重複同樣的動作。山羊們每次都會咩咩大叫。明明還是同一隻，但重新抱住牠的時候，又發出了和第一次時一模一樣的叫聲。近距離觀看下，我發現每隻山羊長得都不一樣，有的有著像是人類女人的臉孔，也有的長得像是中年大叔。一段時間過去後，我忽然發現山羊的數量比起一開始少了許多。烏龍也放開懷裡的那隻山羊，環顧四周。豈止是變少，根本是全部不見了。我們的視線在同一個地方定住不動。進來時破壞的柵門一直敞開著。在我們盯著柵門看的時候，連剛才還抱在懷裡的山羊也相繼從柵門縫隙間鑽了出去。兩團模糊不清的白色物體在昏暗中呈Z字形奔跑，然後朦朧地消失不見。那是最後兩隻。

完蛋了，烏龍說。

死定了，我也說。

兩人不約而同地起腳走出柵門。走在公園的小徑上，不知為何兩人都沉默以對。我抬起雙手聞了聞，好臭。身旁的烏龍也聞起自己的雙手，活像被臭味熏到般眨著眼睛。我們沿著廁所指示牌的箭頭拐進另一條小徑，走向洗手台洗手，確認還有沒有味道後，繼續洗手。期間，我們還是不發一語，但沒過多久，烏龍就像是打氣機被壓到極限後氣嘴壞了，突然間爆出非常響亮的噗嗤聲。偌大的聲音讓我忍不住轉頭，但下個瞬間我也同樣噗嗤一聲。然後，我們兩人開始放聲哈哈大笑。我們笑到缺氧、呼吸困難，到了最後，兩個人甚至站也站不住，注意到時已經是彼此互相支撐著身體，笑得上氣不接下氣。同個時候，我還想繼續感受烏龍的體溫，所以為了能再感受得久一點，到了最後其實是硬逼自己發出笑聲。

公共廁所的入口投下長方形的亮光。我仰起下巴，越過廁所後頭的樹梢能看見一棟公寓。二樓有我的房間，窗內漆黑。我不想馬上回去。我不想在沒有人會進來、也沒人能看見我的地方，自己一個人獨處。一旦只剩自己一人，某種東西可能就會從有著我形體的塑膠物件裡衝出來，把我撇在房裡，出去外面的世界。

走進廁所，日光燈的白光讓我一陣暈眩。

我翻找側背包，從阿米替林的藥盒裡拿出鋁箔片，把藥錠一顆顆推出來，擺在洗手台的邊緣。擺完後再拿出另一盒，取出藥錠繼續擺。擺完了大約三十顆的藥錠後，我集中放在掌心，一口氣倒進嘴裡。然後扭開水龍頭，直接對著出水口喝水。大量藥錠就好像一顆硬邦邦的石頭，卡在喉頭遲遲下不去，但我不予理會，不停吞水沖灌，藥錠總算慢慢地滑過喉嚨。我一面感受著水滲入身體的冷意，一面回想烏龍身體的溫暖。曾讓我覺得很舒服的那份體溫，有一半屬於田子庸平；在廁所裡一起哈哈大笑的那個笑聲，也有一半是田子庸平的聲音。現在，那個田子庸平正和烏龍住在一起。只要撥通電話問本人，馬上就能知道烏龍住在哪裡。

我直起上半身，低頭看著未關的水流。水在天花板的日光燈照耀下，反射著刺眼白光。那些白光像是要刺進我的眼睛裡似的，讓人感到非常不快，我不禁往上抬眼。前方是面鏡子。鏡面因為汙垢、灰塵和人的手印而骯髒不堪。

我動彈不得。

在大宮站那裡看著鏡子的時候，鏡子裡是自己再熟悉不過的臉龐。當時身後還有結束了一天工作，穿著西裝的男人們。然而，此刻映照在鏡子裡的，卻不是我也沒有身後的景色，只有兩隻眼睛。除此之外的事物全消失成了一片雪白，只有那兩隻眼睛直勾勾地注視著我。雖然和自己至今已在鏡中看過無數次的眼睛非常相似，卻又有著明顯的不同。有著在任何人臉上都未曾看見過，冷如冰霜的眼神。我與對方四目相接。彷彿雙腳被人砍斷，也彷彿流往四肢百骸的血液在剎那間結凍成冰，有生以來頭一次感受到的某種情感攫住了我。

我想，這多半就是恐懼。

（八）

沿著青光園的圍牆行進，有個年輕女人停在前方的人行道上擋住了去路。

「戶越老師——」

她兩手提著紅色的塑膠燈油桶，向著圍牆內側抬高音量。

「燈油是去妳之前告訴我的那家店購買對嗎——」

我看向庭院。只見戶越老師用手指筆出一個圓圈，點了點頭。眼看她的視線就要往我這邊投來，我低下頭。提著塑膠桶的年輕女人開始往我這邊移動。但是，也許是在我的舉止間感覺到了什麼，她忽然放慢腳步向我搭話。

「請問……您來這裡有什麼事情嗎？」

短暫遲疑後，我抬起頭。

「我是這裡的離院生。」

她「啊」地張開嘴巴，往兩邊放下塑膠桶。

「對不起，因為我才剛被分發過來。」

「我想也是。」

「要幫你叫其他老師過來嗎？只要我去轉告一聲是誰來了——」

「沒關係。我想給他們一點驚喜。」

這樣啊……她微笑著頷首。

「我是坂木錠也。」

我試著報上名字。

「是在去年春天離開這裡。」

「啊，原來如此。那我剛好和你交接呢。」

「這不算交接吧。」

她挑起眉似在反問。

「我們這樣不叫交接吧。因為妳的身分是職員。」

我對她投以笑容後，她臉上的微笑旋即消失，彷彿兩個人不能同時面帶笑臉。

「我沒什麼特別的意思，妳不用放在心上。」

「那個——」

「妳要去買燈油吧？」

「啊，對。」

我最後再一次對她投以笑容。與此同時，不自覺地在羽絨外套的口袋裡，抓起母親留給我的老舊銅製鑰匙，或捏或推地把玩。

「路上小心。」

我說完，她勉為其難地彎起兩邊嘴角，僵硬地點點頭。粉色牙齦因為唾沫閃著濡濕的光澤。我繼續與她視線交會，她的眼球就好像想從臉上逃走般，上下左右地微微搖動。最後，她冷不防抓起人行道上的兩個塑膠桶，很快地低聲說了我聽不清楚的句子後，低著頭從我身旁走過。

我回過頭看她的背影。她走進青光園的停車場，把塑膠桶放進白色的輕型汽車裡，坐上駕駛座呼嘯而去。

自從那晚在公共廁所見到那雙冰霜般的眼睛以來，已經過了一星期。

雖然一開始非常震驚，但現在已經不同了。我甚至覺得自己已經把那對有著眼球形狀的冰霜握在手裡，使其融化後合而為一，如手上的鑰匙一樣，帶在口袋裡行走。

「……錠也？」

戶越老師從圍牆的另一邊朝我走來。

「啊，果然是你。你稍微瘦了一點呢。怎麼了，又回來玩嗎？」

儘管隔著庭院的圍牆對我微笑，還是能看出戶越老師的表情有些僵硬。和剛才新老師臉上的表情又有些微不同，眼前的那張臉上有著明確的不安。看見她的表情，我決定請這個人幫我拿資料。

「也不算回來玩，是想問些事情。」

「嗯，什麼事？」

戶越老師將半白的頭髮在腦後綁成一束，乾澀的自然捲髮在兩耳上方翹起來。吹起的冷風，使她的頭髮隨之晃動。黃沙在她身後的庭院漫天飛揚。

「那我先進去找您。」

青光園的外觀像間小型的學校，但入口沒有大門。我穿過還記憶猶新的入口，走向站在庭院的戶越老師。因為是平日白天，就讀小學、國中和高中的院生都去學校了，園內才這麼安靜吧。庭院一隅，幾個小孩子蹲在整排的水龍頭旁邊玩耍。其中一人注意到我後抬起頭來，其他人也跟著望向我。當中只有那個看來最小的男孩好奇地盯著我瞧，其他孩子全低下頭去。我輕輕揮了揮手，看著這邊的男孩難為情地舉起手，半冷不熱地輕搖回應。

我走到戶越老師的面前，才直接切入正題。

「我想知道烏龍的地址。」

昨天我打了電話給本人想問出地址，但他不肯告訴我。

『錠也？』

我從通訊錄裡找出「烏龍」，撥打電話，他馬上就接了。快得彷彿在等著這通電話。不對，說不定他真的在等。

『關於上次那件事，其實我本來很猶豫。也想過是不是不要告訴你比較好。可是，我無論如何都想確認清楚。喂，錠也，結果到底是怎樣？上次你突然就回去了，可是我爸——』

烏龍說到這裡突然停住。他身後傳來了男人熱絡和善的說話聲。聽說他在販售中古車的連鎖店當銷售員，那大概是在辦公室裡頭吧。

「只是同名同姓的人而已。」

我率先接著說下去。

「烏龍，你爸開槍射傷的人，只是剛好和我媽同名同姓而已。我媽其實還活著。直到最近我才知道這件事。雖然還沒有見過面。」

我說著準備好的謊話。

「抱歉，之前沒能明白地告訴你。因為發生了不少事情，我暫時還不太想提到我母親的事情。」

『這樣啊，那就好。』

對方很輕易就相信了。

「你說的烏龍……是指順平嗎？」

戶越老師問。

「對，迫間順平。請告訴我那傢伙的地址。離開青光園以後現在住的地方。這裡應該留有這方面的資料吧？」

戶越老師沉默了半天後，反問道：

「……為什麼？」

昨天在電話中向本人詢問住址的時候，他也回了我一模一樣的話。

『為什麼？』

「我打算下次去找你玩。」

『可是，我家還有我爸……而且他現在正在找工作，所以平常幾乎都在家。』

「沒關係啦，告訴我吧。」

經過了長長的沉默，迫間順平終於回答。

『抱歉，我有點不想告訴你。』

從他的反應來看，我心想再怎麼追問也是徒勞，所以直接掛了電話。今天於是特地轉乘了好幾次電車，來到青光園。我一定要問到迫間順平的住址才離開。

「因為我想去烏龍家玩。」

「老師可以先取得順平的同意嗎？」

這樣一來又會是同樣的結果。不對，萬一他知道了我專程跑來青光園調查他的地址，一定更會覺得我很可疑，要老師絕對不能告訴我吧。

「不需要先取得他的同意啦。」

「這怎麼行呢？」

「沒關係的。」

「怎麼會沒關係呢？」

「戶越老師，我知道妳家在哪裡喔。」

其實我不知道，但還是試著這麼說。

「也知道妳是用什麼交通工具，從這裡走哪條路回家。」

彷彿有微弱的電流通過般，戶越老師的臉頰微微抽動。緊接著整張臉都僵住了，只有嘴角再度擠出笑容。

「你為什麼……要說這種話呢？」

為什麼、為什麼、為什麼？明明我一點也不想說出理由，大家卻偏要追問。我不禁心想，乾脆明明白白地說出理由算了。說我打算去追問順平家，殺了他的父親田子庸平。不過，我還是沒這麼做。相反地，我只是靜靜盯著對方的臉孔。兩人的目光筆直交會。戶越老師的嘴角依然維持著上揚的弧度，動也不動。但是，隨著我持續盯著她的雙眼，她的身體慢慢地開始前後搖晃起來。本人對此似乎完全沒有自覺。我伸出一隻手抓住老師的肩膀，她的擺動戛然而止。

「不然抄在紙上拿來給我也可以。」

我在指尖上稍微使力。

「我會在這裡等老師。」

末了，戶越老師從喉嚨裡頭發出了高興不已的話聲。

「居然要跑去找順平玩，錠也真是重視朋友呢。」

然後倏地轉過整副身軀。

「那我去抄地址來給你。」

說完，她便踩著搖搖晃晃的步伐走進園舍，過不久把一張正方形的黃色便條紙藏在掌心裡，過於刻意地表現出自然的樣子，往我這邊走回來。算算她花的時間，似乎沒有與任何人多做交談。便條紙上潦草地寫著住址，以埼玉市為開頭，202為結尾。

「關於我來過這件事，請別告訴任何人。」

「為什麼？」

「為什麼？」

「嗯……我只是好奇為什麼不能說……而已。」

「沒為什麼。」

拿了便條紙，我離開青光園。

為了抵達便條紙上的地址，花了我不少時間。但無論搭電車還是走路的時候，我都在思考著要怎麼殺了田子庸平，所以並不無聊。趕在日落前抵達的那棟公寓非常破爛。戶外階梯底下的整排信箱鐵鏽斑斑，沒有半個住戶在信箱寫上自己的名字，包括二〇二號室也是。我打開信箱察看，裡頭只有廣告傳單。

走上滿是裂痕的戶外階梯，在門口前停步。「202」的牌子底下還貼有一張門牌，上頭寫了幾個字。由於經年曝晒在陽光下，已經很難辨識，但應該是寫著「迫間」。字跡奇醜無比，尤其是第二個字，「門」與「日」的比例慘不忍睹。

「對了，要戴手套。」

我拿出口袋裡準備好的棉質手套戴上，按下門鈴。無人回應。但是，我把耳朵貼在門板上，聽見了屋裡有動靜。我繼續把耳朵貼在門上，再按一次門鈴。

「田子先生——」

屋內的聲響驟然停下。

「田子庸平先生，有您的包裹——」

感覺很沉的腳步聲從屋裡走來。

裡頭的人轉動門鎖，從內側打開大門。

這是我第一次見到田子庸平本人，但他的長相並沒有我想像中凶惡。看起來不像是會拿散彈槍對孕婦開槍的人。不過，他整個人又高大又魁梧，萬一失控起來，恐怕會非常棘手。

「請問您是田子庸平先生嗎？」

慎重起見，我這麼向他確認。他眼珠混濁，點了點頭，先看向我的臉，再看向我身上袖口破了洞的羽絨外套，又看向我的臉。聽說他正在找工作，但眼前的田子庸平卻蓄著滿臉落腮鬍，看起來一點也沒有在找工作的樣子。是迫間順平在電話中對我說了謊？還是父親對兒子說了謊？

「……包裹呢？」

「什麼？」

「你不是說有包裹嗎？」

對喔。

「包裹是體積相當大的按摩椅。訂購人是迫間順平，他指定要送到這裡來。」

田子庸平原本混濁不堪的雙眼忽然變得有神。

「按摩椅現在放在樓下，但在搬上來之前，必須先確認要擺在哪裡才行，請問方便打擾一下嗎？」

我指向屋內，田子庸平忙不迭「好好好」地開心應聲，讓到一邊。我說著「打擾了——」走進三合土玄關。聽著背後傳來的關門聲，我脫掉運動鞋走向屋內。短短的走道右手邊有個水槽，裡頭堆滿了廚餘和未洗的碗盤。走道盡頭的房間約莫有三坪大，兩組棉被如同佬大的蛋糕捲般捲起來，堆在半腰窗底下。

「喂，小兄弟，真的是那傢伙訂的嗎？想要給我個驚喜？哎唷真不好意思，因為我不太懂這種事情，抱歉抱歉。而且那傢伙完全沒提過這種事情嘛。什麼啊，居然買了按摩椅，真是服了他。雖然體積應該不小，但角落那邊還放得下吧。你看，像是裡面的右手邊。」

田子庸平意外多話，我邊聽著他喋喋不休，邊打開流理檯下方的櫃子。菜刀架上插著一把隨處可見的菜刀。我抽起菜刀，確認刀尖是否足夠鋒利。

「小兄弟，你在幹嘛？」

我轉過身，將菜刀刺進田子庸平的胸口。他嘴裡發出了含糊的短促氣音，口水噴到了我臉上。我抬起腳往他肚子一踢，田子庸平便張著雙手往後飛去，龐大身軀占滿了狹窄的走道，最後後腦勺撞上玄關大門，身體往下軟倒。由於他的雙腳朝向這邊，三合土玄關又剛好像個淺底浴盆，看來彷彿穿著居家服泡在裡頭。

「要怪就怪你自己，怨不得別人。」

我往他走去。田子庸平的雙手緊握著完全沒入胸口的菜刀，彷彿我現在正要去偷走它。他的視線追著我的臉龐移動，眼珠子抖個不停。上唇和下唇幾乎要將彼此壓扁地抿得死緊，鼻孔撐大到了不可思議的地步，空氣在進出時發出了高亢又沙啞的聲音。走到旁邊蹲下後，他浮腫的雙眼依然盯著我的臉瞧。我伸手包住田子庸平抓著菜刀握柄的手，上下左右轉動。他撐大的鼻孔裡傳出了非常模糊、好似從遠方傳來的呻吟聲。但是，隨著我繼續旋轉握柄，呻吟聲也漸漸轉小，最終陷入沉寂。

我把手放在田子庸平長滿鬍子的下巴上，往下施力。他的嘴巴就像盒子一樣打開。教人意外的是，田子庸平有著相當整齊的齒列。雖然父子的五官並不像，這一點卻遺傳到了嗎？

「死了嗎？」

沒有回答。

回到公寓時，宅配員正好送來了我訂的東西。

# 二章

（一）

『……你沒騙我吧？』

關於自己的父親在昨天遭人殺害一事，烏龍打來電話，劈頭就非常開門見山地質問我。是你殺了我爸吧？為了替死去的母親報仇，所以才殺了他吧？前天也是為了要殺我爸，才打電話來問我住在哪裡，但因為我沒告訴你，你之後又去問了別人，然後來公寓殺了我爸吧？

「真的不是我，而且我什麼也不知道。」

這句話我已經數不清重複第幾次了。我感到精疲力竭，握著手機往後倒，後腦勺撞到了某種堅硬的物體。是剛才用來操控瑪利歐與路易吉的電動遙控器。我把遙控器推到旁邊，頭躺在地板上，轉過臉龐，眼前的光景堪比是颱風過境後的河邊。地板上散落著這幾天大量服用的藥品鋁箔片、果醬麵包的空袋子、泡麵和烏龍杯麵吃完的空碗、便利商店的關東煮容器、竹筷、塑膠湯匙和叉子，還有兩罐品客洋芋片。品客是因為今天早上已經吃膩了果醬麵包、關東煮和泡麵，所以拿來換換口味。

「烏龍，我會打電話問你家在哪裡，真的是因為想去找你玩。聽到你爸被刺殺，雖然我心裡面比起可憐，有更多是同情，但就算是這樣，你也不應該懷疑朋友。我一直以為我們是朋友。說以為好像也不對，我們打從在青光園就是朋友了吧？」

『嗯……是朋友沒錯。』

「還跑去公園抱了山羊吧？」

『嗯，是啊。』

「然後在我們回過神來的時候，發現所有山羊都逃走了。後來還去廁所洗手，一起哈哈大笑。我很常想起那時候的事情喔。離開青光園以後，幾乎每天都會想起來。我們感情不是很好嗎？但你居然第一個就懷疑我，太過分了。我現在很難過。」

烏龍小聲地「嗯」了一聲。

『是啊……會很難過吧。』

「對啊，我很難過。」

『抱歉。』

話才說完，烏龍突然掛了電話。

「……掛得真突然。」

我無意義地注視著顯示「烏龍」與「通話結束」的畫面。

不知道他現在的想法是否改變了。還是在懷疑我嗎？烏龍所說的「抱歉」，是針對這個部分嗎？如果是的話，為什麼急著掛掉電話？說不定與我們的談話內容完全無關，他只是想起了自己還要忙著準備喪禮的什麼事情，才突然地結束通話。依烏龍的個性，這很有可能。我躺在地板上繼續仰望天花板，與另一個自己達成了徒具形式的協議。

「總之，他應該不會把這件事告訴警察吧。」

然而這般悠哉的猜想，在不到十分鐘後就發現是大錯特錯。

我翻身趴在地板上，用手機搜尋了關於昨天殺人案件的報導。比起電視新聞，網路上一定會更快出現案件的最新偵查進展。今天一早醒來後，在吃品客之前，我就已經上網搜尋過了新聞，當時只是報導了有殺人案件發生。在埼玉縣的某處公寓，發現有名男性胸口遇刺身亡，死者是田子庸平（51），發現者是回到家的死者兒子（20）。內容就只有這樣而已。現在再一次搜尋後，結果還是一樣。我甚至同樣地再一次心生「啊啊，烏龍已經二十歲了嗎」這種無謂的感慨。至於死者田子庸平過去曾是犯下殺人案件的凶手，還沒有任何一篇報導提及——

「還沒查到這裡嗎?」

還是說,媒體早已得到了消息,但因為田子庸平已經服刑完畢,所以刻意沒有寫進報導裡?這件事問問間戶村先生也許能知道,但感覺就很不妙。畢竟才案發第二天,搞不好連間戶村先生也會懷疑我是凶手。

話說回來,昨天的這起殺人案究竟在社會上引起了多少關注?我試著打開YAHOO!首頁,想確認這起殺人案是否成了頭條新聞。然而,我卻沒看見這起案件的相關報導。

「嗯?」

反倒看見了兩個我認識的名字——政田宏明與樫井亞彌。

是我之前在間戶村先生的委託下拍到照片,有關兩人幽會的報導嗎?但是,標題上的文字怎麼看都不像這回事。我點開報導閱讀。看完以後我才知道,我曾幫忙取得的那條獨家新聞,如今竟有了出人意料的發展。

報導上的內容,是關於政田宏明「涉嫌吸毒」。

我一則則地飛快看過所有報導。原來早在許久之前,警方就已經在調查政田宏明是否有吸食安非他命的嫌疑。與樫井亞彌外遇的消息湊巧在這時候爆出來,幾乎同一時間,另一間週刊雜誌也刊登了政田涉嫌吸毒的報導。那間週刊雜誌名為《週刊新報》,

與間戶村先生所屬的《週刊總藝》可以說是競爭對手。《週刊新報》似乎是另外掌握到了政田宏明涉嫌吸毒的消息。也就是說，同一個演員先後爆出兩條醜聞，因而霸占了頭條新聞的所有版面。不僅與年輕女演員幽會，還涉嫌吸毒。如今這些資訊全混在一起，文章內容甚至開始暗示，倘若政田宏明真的吸食了安非他命，那麼樫井亞彌也有可能吸毒。關於政田涉嫌吸毒的真偽，目前還尚待釐清，但有篇報導也表示，警方最近正在搜集證據，準備要求政田配合調查。然而在這種情形下，當事人政田宏明——

「啊咧？」

竟然失蹤了。

早在雜誌刊登這兩則獨家新聞的兩天前，政田就沒在任何拍攝現場露面，雖然許多人試圖與他聯絡，卻還是沒有人知道他此刻人在何方。

再看向下一則報導，上頭詳細列出了政田的生平事蹟。因為對他感到有些好奇，我看起內容。

政田宏明，生於滋賀縣大津市，國中二年級時就對演戲產生興趣，進而號召同學、學長姊和學弟妹成立了戲劇社。在文化祭等活動上表演戲劇的時候，還主動聯繫了各家經紀公司，請他們來觀看自己的演出，但想當然不被理會。國中畢業後，政田從父母的錢包裡抓了錢就前往東京，跑到他在電話簿上找到的經紀公司一家家面試。到了其中一家經紀公司，恰巧發掘新人部門的負責人正在櫃檯聊天，政田便對著那名負責人，當場強迫推銷般地接連展現自己的演技。有校外教學旅行時與同學走散的學生、想借廁所的修行僧，也有來收取保護費的黑道小流氓等等。光看敘述內容，比起演戲，他更像是在演搞笑短劇。發掘新人部門的負責人被政田「超乎常人的熱情」打動，遂聯絡他的父母，不久後與政田簽約。如今那間經紀公司也有中型規模，政田也還是他們旗下的藝人。自那之後，政田以看不出是新人的純熟演技，在演藝圈闖蕩出了自己的天下。就連一般會交由替身演員演出的危險場面，他也不以為懼，因而受到同輩的尊敬與後輩的愛戴，前輩也對他青睞有加。身為所謂的性格演員，儘管很少飾演主角，截至目前為止的演藝生涯仍算走得一帆風順。

「……然而，他的演藝生涯或許也因為扮演了不該扮演的角色，而讓自己陷入了危險的泥沼中吧。」

這篇報導以詼諧力道不足的嘲諷劃下句點。

好不容易演藝事業大獲成功，居然因為吸毒和外遇而讓一切化為烏有，真是太可惜了。我這樣心想著嘆一口氣，準備關掉視窗。但就在這時候，畫面下方有條新聞連結吸引了我的注意力。可能因為都是與藥物有關的新聞，才會顯示出連結。

〈搶匪闖進藥局，搶走藥物逃逸〉

我點開了唸起來有點像RAP的新聞標題，發現這起搶案就發生在三天前的下午兩點過後，地點在這棟公寓附近。打從出生以來，至少就我記憶所及，我從來沒去過醫院，當然也沒有走進過處方藥局，所以看了報導中對店家位置的形容，一時間我也不知道在哪裡，但是從地名來看，好像就位在從公寓走去車站的半路上。路程最多五分鐘。報導並未提及搶匪搶了何種藥物。

我撐起上半身，環視房間地板。裝過藥錠的鋁箔片散落一地。是我這幾天來大量服用的阿米替林。雖然在間戶村先生登記為會員的網站上購買，價格似乎比較合理，但如果再以現在的速度服用下去，遲早有一天金額會變得非常驚人。不然下次我也闖進藥局，搶來免錢的阿米替林好了——我一瞬間這樣心想。就只有一瞬間而已。因為考慮到風險，只是省了買藥的錢而已，一點也不划算。

話說回來。

我把手機丟到地板上，再度仰躺，注視天花板。

話說回來——

「現在到底該怎麼辦？」

自從昨天回到公寓以後，我滿腦子都在想這個問題。

而且每次思考，眼前都會浮現光里姊的臉龐。

光里姊是在我六歲的時候來到青光園。不過，其實我是事後才知道這件事，關於她入園時的情況，我幾乎想不起來。某天注意到的時候，大我三歲的光里姊就已經在園裡和我們一起生活了。

她有著感覺容易貧血的蒼白肌膚、天生比較鬆垮的眼袋，所以看起來比實際年齡還要大。成天待在自由活動室的角落，不斷扶好臉上的眼鏡，看著滿是文字的書籍。不是園裡的贈書，而是去圖書館借來的，內容更艱澀難懂的書籍。

那時候青光園的孩子裡，就只有她不崇拜也不稱讚我，也不會對我特別疼愛。但是，我偶爾會忽然發現，她從書裡抬起眼睛看著我。

不管看書還是看著我的時候，她的雙眼表面都彷彿覆蓋著一層半透明的玻璃紙膠帶，眼神給人一種什麼也進不去，也什麼都出不來的感覺。當然她也和平常人一樣，眼珠黑白分明，但在回憶的畫面裡頭，她黑白眼珠的界線總是模糊不清，整體暗淡混濁。

從某天開始，我突然非常在意光里姊。就好比嘴裡進了根頭髮，在感到煩躁的同時，也無時無刻意識到它的存在。因為太想解決掉那根頭髮，我最終主動接近光里姊，和她攀談。那是在我小學五年級，她國中二年級的時候。

其實光里姊的名字，寫起來並不是「光里」。

我只記得是相同發音的兩個漢字，但不是一般常見的「光」和「里」，而是非常難唸、感覺十分夢幻的兩個字。而我們首次聊天，聊的就是關於她的名字。

『你看我的名字，會覺得是很特別的父母才取的名字，對吧？』

光里姊指著圖書館借閱卡上自己的名字，笑著說道。她一笑，鏡片底下的兩隻眼睛便瞇起來，但也只是眼皮間的縫隙變窄了，眼睛的色澤還是沒有變化。

『可是，其實很多平凡無奇的父母都會這樣取名喔。』

她說自己也是在平凡無奇的上班族家庭裡出生。

『我之前看過的書這樣說過，會為孩子取特別名字的父母，很可能是因為自己的人生太平凡了，才希望自己的孩子可以與眾不同。就像是把孩子當成了自己人生的敗部復活賽。』

但是，既然父母自己都度過了平凡無奇的人生，那麼孩子在遺傳上，自然也不具有任何特別的資質。換言之，多數人的期待都會以落空收場。所以父母在面對現實與期待的差距時，往往會受到打擊。從早到晚，日復一日。聽說在虐待孩童的案件中，有些父母施虐的契機便是源自於此。光里姊先說明了這些事以後，告訴我她來到青光園的經過。

『我家大概也是一樣的情況吧。』

從小學三年級開始，她開始遭受到父母親嚴重的虐待。雖然沒有提到她實際上遭受了什麼虐待，但學校導師是發現了她身上的傷痕，才與父母聯絡，所以我想是身體上的虐待吧。話雖如此，一般而言也不可能只有肢體上的暴力，所以想像到底是哪種虐待也沒意義。

她的導師聯絡過父母以後，情況還是沒有改變。最終學校通報了兒童諮詢所，諮詢所評估過後，決定把光里姊與父母親隔離開來，於是她才來到青光園。

『你猜我父母現在怎麼樣了？』

她這麼問我，我稍微思考後回答。

『離婚了？』

『結婚了。』

說完，她露出了和剛才一樣的笑容。

『但當然是先離婚了。把我送到這裡來以後，他們又各自與新的對象結婚。』

因為本來想利用光里姊在敗部復活賽中獲勝，結果失敗了，所以兩個人又以另一種方式重新挑戰嗎？我這麼問道，但光里姊不置可否地搖頭，說她沒問，所以不曉得。

『總之不管爸爸還是媽媽，好像都不打算再把我接回去。我也打算就這樣一直待在這裡。反正我不需要家人。』

這多半不是她的真心話吧。

或者曾經是真心話，後來心意改變了也說不定。在我們首次交談後，過了大約半年的時間，光里姊收到願不願意去寄養家庭的詢問，她答應了。

寄養家庭制度是申請人可以在一定期間內照顧孩子，住在同一個屋簷下，一起外出，與孩童共同生活一段時間。如果雙方想成為一家人的心情還是沒有改變，就能轉為正式的收養。

當時是和現在一樣的隆冬時節。隔著庭院的圍牆，我看著光里姊被寄養家庭帶走。右手放在口袋裡，把玩著總是放在裡頭的鑰匙。有棵不知道叫什麼名字的樹，光禿禿的，往下延伸的無數枝椏，看過去就好像在操縱著具有光里姊外形的人偶。雖然那對寄養夫婦我只看得見側臉，但給人的感覺一個像螳螂，一個像烏龜。螳螂幾乎不說話，烏龜則用粗啞又緩慢的聲音不斷向光里姊攀談，不時發出像是刻意要讓人聽見的大笑聲。不久三人轉彎走向停車場，坐上紅色轎車離去。

之後大概一個月的時間，光里姊都和寄養夫婦一起生活。後來，她又在兩人的帶領下再次來到青光園。園長把我們聚集到擠得要命的講堂，讓光里姊在講堂向我們道別。如今我已經忘了姓氏，但她說從今以後都會住在螳螂和烏龜家，和他們一起生活。聽著光里姊細細柔柔的嗓音，我想起了她以前曾經低聲說過，除了乍看下不知道怎麼唸的名字外，父母沒有給過她任何東西。但是從今往後，光里姊可以得到許許多多的東西了吧。我這樣想像後，心情彷彿全身變成了乳齒似地搖搖晃晃。

然而，她的新生活並未持續太久。

才過四個月，光里姊就基於本人的希望再度返回青光園。她不在的這段時間，我升上了小學六年級，她成了國三生。

回到青光園的那天夜裡，光里姊約了我去庭院角落的遊樂器材倉庫。至今我曾好幾次看見過園裡的高中生們男女成雙地從倉庫裡走出來。從前我曾在那裡頭抓過蜂窩，還和烏龍嘗試性地抱在一起過。

光里姊告訴了我烏龜趁著螳螂不在時對她做的事情。她當然不是叫他們螳螂和烏龜，但也不是叫爸爸和媽媽，或是養母和養父，而是分別稱呼他們為「那個人」和「另一個人」。而且講話期間提到兩人的時候，她偶爾還會互相調換，所以我聽的時候經常感到疑惑，不知道她究竟是指哪一個。

光里姊用手示意烏龜摸過的地方。遊樂器材倉庫裡沒有燈，就著小小毛玻璃窗外透進來的街燈與月光，隱約可以看見光里姊的臉龐。她那雙一直覆蓋著半透明膠帶的眼睛上，如今又好像被人強行抹上了膠水，變得比四個月前還要灰白混濁。指完自己身體的兩處地方後，她把手放回已穿舊的裙子膝頭，宛如沒了氣息的動物，就此靜靜不動。黑暗中，我感覺到自己的身體急遽變得冰冷。好像沒有了皮膚，空氣直接接觸到血肉。冷意緊接著慢慢滲透到內側和更內側，被滲透過的地方都麻痺似地失去知覺，最後好像連胸口中心也被冷凍。才心想著「這樣啊」時，這次換作血管裡頭冒出無數孑孓。大量孑孓以比冷意更快的速度往我體內進攻，集中攻擊我遭到冰凍的胸口中心。

如今的我已經知道，這種感覺究竟是什麼。

是有人奪走了屬於我的東西時所產生的，壓倒性的不快感。第一次體會到這種感覺，就是在那個夜晚。明明烏龜摸的是光里姊的身體，我卻覺得他的手彷彿伸進了自己身體裡，抓住某個重要的東西後帶走了。

當天深夜，我斜揹著包包一個人溜出青光園。

走到了相當遠的地方後，我才有樣學樣地攔下一輛計程車。司機刻意對我露出狐疑的表情，我就撒謊告訴他，是人在醫院的母親叫我回家拿錢，司機馬上相信了。然後我告訴司機地名和我用來當作地標的大公園。我已經透過園裡的地圖事先調查好了。這是我生平第一次搭計程車，花了三十分鐘抵達目的地後，計費表上顯示著六千七百四十圓。我身上當然沒錢，所以打算開門逃之夭夭。然而車門打不開。我再試著去開右側的門，車門開了。我立刻跳出計程車，拔腿就跑。司機隨即一百八十度轉彎追過來，但他很快又緊急煞車停下，靠著自己的雙腳緊追在後。我故意在巷弄間呈Z字地奔跑，偶爾還會朝同個方向不斷轉彎。逃竄期間，大量孑孓始終盤據在我的心頭。

最後好不容易甩掉司機，我重新回到公園前面。人行道上貼有周邊的地圖。我背下了街燈照亮的那張地圖後，朝著遼闊的住宅區前進。光里姊對我說過，螳螂和烏龜家就在那裡。

我在住宅區裡穿梭，挨家挨戶地尋找把光里姊從青光園帶走的那輛紅色轎車。跑了一個小時以上，終於找到了。停車場裡停著我記憶中的那輛車，車牌號碼也和我當初在目送時不自覺玩起諧音遊戲的數字相同。我拉開大門門栓走進去，繞到庭院。簷廊上擺放著雪人般的圓滾滾垃圾袋。

我從斜揹著的包包裡拿出寶特瓶，裡頭裝有我從倉庫收集來的燈油。我把冬天過後暫時用不到的暖爐用燈油罐一一倒過來，收集了裡頭所有的燈油。然後，我把圓鼓鼓的垃圾袋塞到簷廊底下，對著木板間的縫隙倒下所有燈油，接著拿出很久前在路邊撿到的打火機，往濡濕發亮的地方點火。下一秒，淡藍色的火焰倏地向外蔓延。但就像是洗過顏料的水，顏色淡得感覺隨時都要熄滅，本來還擔心這樣的火勢沒問題嗎？只見火焰立刻變黃，往上高高竄起。火焰再從黃色變成了橙色，同時張牙舞爪地吞噬了垃圾袋，連帶也灼燒了我的內心。那是一種我從未體驗過的快感。聚集在胸口中心的大量孑孓好像也因為高溫，在瞬間悉數死亡。蜷曲縮起的無數屍體融進血液，似乎流往了下腹部。我一直到早上才走回青光園，中途往路邊的灌木叢撒了泡尿。撒尿時的感覺一樣前所未有的暢快。

隔天我去教職員室借了報紙來看，但沒有看見關於火災的新聞。不過，再隔天的報紙上有篇小小的報導。根據報導上的內容，螳螂和烏龜雖然沒死，但整棟房子全燒光了。

等到夜晚來臨，我約光里姊前往遊樂器材倉庫，說出了自己做的事情。光里姊一直默不作聲地聽著，就算我已經把話說完，她還是沉默了很長一段時間。窗外落下月光，她的肌膚看來就像是剛蛻皮的蛇，顯得輕薄又脆弱。我等了老半天，光里姊的嘴唇終於張開一條細縫。她要我答應她，剛才說的事情絕不能告訴任何人，也不要再對她提起半個字，然後才低聲喃喃說了。

『謝謝你。』

那個當下，光里姊低著頭，頭髮幾乎蓋住了她整張臉，所以我看不見她的表情。如果能夠看見，不知道她究竟露出了什麼樣的眼神？直到現在，我還是對此感到好奇。

自那之後，我們不時會在夜裡溜進倉庫。

由於每次都是偷偷摸摸溜進去，白天也幾乎不會找彼此說話，所以誰也沒有發現我們感情變得很好。

在遊樂器材倉庫裡，光里姊告訴了我她至今看過哪些書。每當聊起書，光里姊就會判若兩人地變得多話。但不是興奮得滔滔不絕，而是用淡漠的語氣，偶爾夾雜著我聽不懂的艱深詞彙，像在唸著紙上的內容一樣，絲毫沒有中斷地平鋪直敘。如果我對哪本書產生了興趣，她就會再一次從圖書館借回來給我看。也確實如光里姊說的，有些書很有趣，但也有些書不是。只不過，從來沒有哪一本書完全無聊透頂。漸漸地，光里姊又從圖書館借新書回來時，我會從裡頭借她沒在看的書看起來。只是她借的書全是小說，至於她從那時候開始就抱有興趣、與人類大腦以及心理有關的書籍，她很早就不再借閱。如今回想起來，如果她還在持續借閱，那麼早在光里姊向我說明之前，也許我就已經知道自己是什麼樣的人。

某天，光里姊在倉庫裡握住我的手。她輕輕握著，如同往常談論著書，說完以後，突然把臉靠過來吻了我。起先光里姊的嘴唇是直直地靠上來，就好比兩手食指筆直朝上，讓指腹輕輕碰在一起那樣。維持了這樣的姿勢好一會兒後，她移開嘴唇，但接著就像是轉動了其中一根食指，傾斜地印在我的唇上。一面親著，光里姊一面放開牽著的手，往上抓住我的右手腕，彷彿要防止我逃跑。抓著我的手腕時，她在貼著的唇上時而用力時而放鬆，而我只是舒服地閉著眼睛。那個時候，光里姊是為了確認自己打從以前就有的想法，所以做了這個實驗嗎？還是在親吻時，偶然握住我的手腕後才意識到了？我沒問，所以不知道答案究竟是哪一個。總之，一段時間後光里姊移開嘴唇，手依然碰著我的手腕說了。

『我知道錠也是什麼人喔。』

由於臉靠得太近，雙眼難以對焦，鼻尖前方有兩張光里姊的臉孔。

『像錠也這種人啊。』

微微模糊錯開的兩張嘴唇在眼前同時張開。

『就是所謂的精神病態者喔。』

後來在陰暗的遊樂器材倉庫裡，光里姊為我做了說明，所有細節我直到今天還記得。因為自那之後我經常回想，每次也都認為自己非常符合光里姊的描述，如此日復一日。

『聽說這種人的特徵就是——』

不易出汗、心跳緩慢，連緊張和興奮的時候心跳也不會加快。在醫學上，這種心跳頻率與反社會行為間的關聯性，比起例如抽菸與肺癌的關聯性還要高上許多。還有人認為，每個人各有最適合自己的警醒程度，心跳過低便無法達到，所以為了提升到本人認為最適合的警醒程度，才會尋求刺激而做出反社會行為。

『這類人的外表和給人的感覺並不危險，只是天生就比較不容易對他人產生共鳴，也不容易感受到害怕。也就是缺少了同理心和恐懼的情感。把自己以外的人都當作物品，覺得有用就利用，覺得礙眼就踢開，甚至也敢於加以消滅。』

『所以我不是正常人嗎？』

但是，光里姊搖了搖頭。

『並不是。這種人反而會做出很勇敢的行為，還能做出非常大膽的決定，所以常常可以得到周遭人們的讚揚。』

她說事實上，在名留青史的成功人士與創立大企業的人當中，有不少人都是精神病態者。因為不太會感到傷心難過，所以思考的時候能夠不夾帶多餘情緒，也因此比一般人更善於衡量利益得失，不會做出讓自己蒙受損失的事情。除了名留青史的大人物和大企業的社長外，也有很多人利用自己的這項特徵，為社會貢獻一己之力。比如拆除炸彈的專家、完成重大手術的醫生等等，聽說在測量這些人的心跳時，發現許多人的心跳都非常緩慢。

『為什麼會出現這種情況？』

這類人究竟是怎麼來到這世上的？

『原因好像有很多。例如有數據顯示，如果母親在懷孕期間抽菸喝酒，生下來的孩子就會具有比較強烈的反社會性和攻擊性；也聽說不只菸酒會有影響，懷孕中的女人如果攝取到了鉛，生下精神病態者的可能性也很高。』

『鉛？』

說到含鉛的東西，我頂多只能想到含鉛焊料，不自覺地想像起了一名孕婦在拆開電視後，啃咬著電路板的畫面。

『好像是鉛中毒會對嬰兒的大腦造成影響，使他成為精神病態者。在我之前看過的書裡面，還以羅馬帝國的皇帝來舉例。』

在古羅馬，水管、餐具與調理工具全是用鉛製成，為了增加酒的甜味也會使用鉛，皇帝一族更是飲用了大量含有鉛的酒。所以在羅馬帝國的歷任皇帝中，據說出現了不少精神病態者。光里姊這樣說完，舉出了好幾個我沒聽過的名字，告訴我具體的例子。那些名字我直到現在都還記得：一再殘忍殺戮的卡利古拉；殺了好幾個有血緣關係的家人，迫害基督徒的尼祿；與好幾百人雜交的康莫德斯——

直到去年春天，我才從園長口中聽說了母親的遭遇。所以在倉庫裡與光里姊討論這些事的時候，我什麼都還不知道。既不知道母親曾待過偏僻鄉野的小酒吧，懷孕期間不得不抽菸喝酒；也不知道她被名為田子庸平的男人手持散彈槍射傷，體內埋有鉛彈，甚至在這種狀態下把我生了下來。

但是，現在的我已經可以理解。

也就是說，我是天生的精神病態者。

孕婦會抽菸喝酒，多半不是什麼稀奇的事情。但是，體內有鉛彈就非常罕見了。我想這大概是決定性的關鍵吧。埋在母親體內的鉛彈釋出毒素，經由臍帶，流進了胎兒的大腦吧。

離開青光園以後，我思考了許多如何控制自己的方法。因為這麼做對我比較有好處。照光里姊說的，心跳緩慢似乎是最主要的問題，所以我首先從這方面著手，調查了可以如何改善。最先是在網路上看見一篇文章，關於胃痛時會開的藥補斯可胖（buscopan）。補斯可胖能藉由抑制副交感神經的作用來減緩胃痛，但抗膽鹼的副作用會使得心跳加快。查到這件事後，我立即去藥局買了補斯可胖，離開公寓的時候必定隨身攜帶。為了讓自己能夠安分，也為了讓另一個我盡可能不要出現。後來，我又透過網路得知，阿米替林這款抗憂鬱藥物具有更強烈加快心跳的副作用，便轉而拜託間戶村先生代為購買。在大宮站要與烏龍碰面之前，保險起見我也在廁所先吃了藥。因為我完全沒有頭緒，不知道他要告訴我什麼事情。一直以來我就是這麼小心。無時無刻都小心翼翼——然而。

冷氣機嘆息似地吐著空氣。我再次看向散落一地的藥盒和鋁箔片。總覺得對光里姊很過意不去。但是，這並不是我們的錯。事情會演變成這樣，全是田子庸平害的。都怪那男人在母親的身體裡留下鉛彈——

玄關的電鈴忽然響了。

我懶洋洋地躺著不動，一會兒過後又響了。

我站起來走出房間，反手拉上房門，緊緊關上後，看向門上的貓眼。門外站著兩個大衣搭配西裝的男人。

「誰？」

我盯著門外出聲問道。

『請問是坂木錠也先生嗎？』

「是啊。」

『能打擾您一下嗎？』

「什麼？」

難不成……

『請問方便開門嗎？』

就是那個難不成。

『我們是西新井警局的人。』

「有什麼事嗎？」

『還請您開一下門。』

說話的是兩人中年輕的那個。年紀大概三十幾歲，身材瘦削，五官就像是光滑的白茄子，感覺上會發出像尺八笛那樣輕透的聲音，但實際上傳來的話聲低沉又剛毅。旁邊的男人比較年長，有張皺紋滿布，日曬痕跡彷彿滲進肌底的臉。我繼續把一隻眼睛按在貓眼上悶不吭聲，年輕的那一個又要開口說話時，年長的男人制止了他，柔聲說道：

『我們是因為迫間順平先生的父親，才會上門打擾。』

我細細地思索了一秒鐘後，開鎖轉動門把。推開大門，冷空氣立刻咻地灌進來。

年輕的刑警自稱竹梨，年長的則叫谷尾。

「您認識迫間順平先生吧？」

竹梨刑警問。他刻意在語氣中施壓，暗示我別說謊。這樣說來，表示他們認為我有撒謊的可能性。

「對，我認識。」

「他的父親──」

谷尾刑警用手背輕碰向竹梨刑警的胸口。竹梨刑警閉上嘴巴，一高一低地挑起薄眉，斜眼看向他。但谷尾刑警似乎沒有注意到，對著我笑容可掬。他幾乎是低聲下氣地往前伸出脖子，彎著背，演戲似地用飽經風霜的語氣開口說話。

「其實呢，迫間順平先生的父親去世了。」

「喔……」

「然後呢，因為去世的原因跟平常人不太一樣，不是因為生病或是發生車禍，所以我們才過來做點例行公事。」

「像是被人殺害之類的？」

谷尾刑警的笑臉如照片般靜止不動。

但是也只持續了一瞬間。

「您為什麼會這樣想呢？」

「其實我已經知道了。剛剛迫間順平才打過電話給我，說他爸在公寓裡被人刺殺身亡。」

「噢，原來是這樣啊，本人打過電話給您。」

「不對，是兒子。」

「嗯？」

「不是本人，是兒子。不是被殺的人，而是他兒子。」

谷尾刑警露出假惺惺的苦笑，身旁的竹梨刑警往前踏出半步。

「接下來是我們對所有人都會問的問題。」

他從西裝的內側口袋裡掏出筆記本，右手抓起掛在封面上的原子筆。

「坂木先生，請問您昨天都做了哪些事情？」

「原來不是拿識別證。」

「啊？」

「沒事，我只是以為這種時候你們會拿出識別證，在上面做筆記。」

「識別證不具有可以做筆記的功能。」

「喔，這樣啊。」

這是我們從百圓商店買來的，谷尾刑警在旁邊露出溫和的笑臉說。

「不過的確，如果要做筆記，我們是有警視廳提供的執勤手冊，但要是真的把那種東西拿出來，感覺氣氛就會變得太嚴肅，還會讓人無謂心生警戒。」

「那你們買筆記本的時候，果然也需要開收據吧？」

「有購物明細表就可以了。」

「請問您昨天做了哪些事情？」

竹梨刑警硬是插嘴。

「我騎著摩托車四處跑。」

不得已之下我只好回答。

「去了哪裡？」

「也沒去哪裡，就是隨便到處亂逛。」

「從幾點到幾點？」

「我想應該是從早上到傍晚吧。中途有幾次，記得應該是兩次，有回來這裡，之後又出門了。反正就是一直進進出出。」

竹梨刑警把我的說明全寫在筆記本上。

我從剛才開始就不停岔開話題，一路觀察到了現在，看來這兩人對我的懷疑可以說是和黏土一樣牢固。至於他們懷疑我的理由，我只能想到一個：就是烏龍把我的事情告訴了他們吧。像是我前天曾打過電話問他地址這件事，搞不好他還說明了十九年前的那起案件。也就是自己的父親十九年前開槍射傷了一名女性，最近才剛出獄，而當年中槍的那名女性，就是坂木錠也的母親。

不對，只是這麼一點小事，警察他們肯定一下子就能自己查到。這樣一來，也許不是烏龍告訴他們的，而是他們自己查到了十九年前的案件，所以才找上門來。但如果是這樣，竹梨刑警未免也太快就展現出強硬的態度。這個人似乎已經認定我就是殺害田子庸平的凶手。該不會他們聯絡過青光園了？戶越老師已經告訴了他們坂木錠也昨天突然出現，逼她說出迫間順平的地址？更何況，警察如果想知道我住在哪裡，肯定需要去問青光園的人吧？

「他為什麼會被殺？」

我決定探探口風。

「是有人對烏龍的爸爸懷恨在心嗎？」

「烏龍？」竹梨刑警皺起薄眉。

「是迫間順平的綽號。」

竹梨刑警連這件事也寫在筆記本上，我險些要笑出來。

「是有人對他懷恨在心嗎？」

我又問了一次，谷尾刑警與竹梨刑警相繼開口回答。

「現在因為還在偵查，恕我們不便告知。」

「現在不太方便。」

「只不過呢，因為看起來沒有值錢的東西被偷，在這種情況下，除了對死者懷恨在心外，不太可能有其他原因。」

「這次也一樣。」

竹梨刑警「嗯嗯」點頭，又裝模作樣地握好原子筆。

「想再請教一個問題。請問您三天前的下午在做什麼？」

「三天前？」

這問題讓我感到意外，不由得全表現在了聲音上。我是前天打電話給烏龍，田子庸平是昨天遭到殺害。為什麼要問三天前的事情？我變回平常的聲音回答。

「沒特別做什麼。」

事實上就我記憶所及，我只記得自己去過便利商店的自動櫃員機領錢，其他時間一直是待在房裡。而且大概是因為服用了大量藥錠，這幾天來多數時間腦袋都不太清楚，說不定中間還短暫出去過一次，只是我不記得了。

沒有提到藥的事情，我只老實說了自己去過便利商店。「這樣啊。」竹梨刑警嘀咕著說，往筆記本寫了些什麼，先是瞪著自己寫的字老半天，然後向谷尾刑警使了個眼色。谷尾刑警挑起眉點點頭，重新轉向我，切換成了要結束話題的語氣。

「今後可能還要請教您不少問題，方便提供您的聯絡方式嗎？比如電話號碼。」

搞不好他們早就已經知道了。反正只要查一下很快就能知道，所以我乖乖提供了號碼。

「如果您之後想起了什麼事情，或有任何情況，請儘管與我們聯繫。這上面有可以直接撥打給我們的號碼。」

我把谷尾刑警遞來的名片塞進牛仔褲後面口袋。

「我想大多時候我們可能都不在，屆時只要向接聽的人留下您的大名，我們會再回電。」

谷尾刑警把名片盒，竹梨刑警把筆和筆記本分別收回西裝的內側口袋。訪問內容意外的短。我還以為搞不好需要採集我的指紋，看起來並沒有。但我想多半在案發現場並沒有找到半點兇手的指紋，所以就算採了我的指紋也沒意義吧——正這樣心想時，谷尾刑警又說了。

「請問能提供一根您的頭髮嗎？」

我指著自己的頭，僅用表情反問。

「對，頭髮。這也是我們會請所有人提供的東西。你只要像這樣撥撥頭髮，應該就會有一、兩根頭髮掉下來。」

我依言照做，果真有兩根頭髮掉在門外走廊上。竹梨刑警用指尖捏起來，從放著筆記本的另一邊內側口袋裡，取出迷你保鮮袋般的夾鍊塑膠袋，放進袋子裡封起來。然後他再把塑膠袋收回內側口袋，隔著衣服輕拍一下，看向谷尾刑警。

這下子恐怕不太妙。

「之後記得還給我喔。」

我打趣說道，但兩名刑警沒有回應，輕輕點了個頭後，同時轉過身走向戶外階梯。兩人都沒有再回頭，背影顯得心滿意足。對此，我不禁覺得剛才的頭髮可能才是他們這次來訪的目的。

「這個嘛……」

我交抱穿著休閒上衣的手臂，在安靜下來的玄關沉思起來。

不對，再怎麼思考也無濟於事。兩人會帶走我的頭髮，就代表案發現場多半留有頭髮或是某種可以取得ＤＮＡ的證物吧。他們肯定是打算從我的頭髮取得ＤＮＡ，再與證物比對。我佇在玄關，從口袋裡拿出手機，搜尋了ＤＮＡ的說明。瀏覽了不少網站後，上頭全都寫著教人遺憾的結果。再這樣下去，恐怕在鑑定結果出來的瞬間，我本來就已經高達百分之九十九的嫌疑，會在頃刻間變成百分之百。警察肯定會即刻趕來這棟公寓，要求我一同前往警局。到那時候，我大概也不再有權利能夠拒絕。

從手機抬起目光，毫無意義地望著兩名刑警走下的戶外階梯良久。

「好像不太妙。」

我決定逃為上策。

（二）

幸運在光里姊高中三年級的時候降臨。

不是如當年螳螂和烏龜帶來的冒牌貨，而是真正的幸運。

那時候光里姊隔年就要離園了，所以她非常煩惱。雖然她希望能夠正式學習從以前就感興趣的人腦構造與心理學，但根本沒有錢可以讀大學。別說是沒有錢，連住的地方也沒有。父親和母親都無意把她接回去，她自己也不想再和他們一起生活。什麼東西都沒有，真傷腦筋呢——夜晚在遊樂器材倉庫裡，她與我肩靠著肩，嘆氣笑道。為了幫助她，我提議可以想辦法幫她籌錢，但光里姊沒有作聲地搖搖頭。其實當下我們都靠著倉庫的牆壁，注視著眼前的黑暗，所以我並沒有親眼看見光里姊搖頭的動作，只是聽見了她的後腦勺摩擦著水泥牆發出聲音。

就在那陣子的某一天，一名五十幾歲的有錢寡婦來到青光園，諮詢過後表示想收養光里姊。故事書上總寫著因為現實中絕對不會發生，所以才吸引人的情節，但有時候是真的會發生。

發生在光里姊身上的事，確實可以用麻雀變鳳凰來形容。那名寡婦姓龜岡，似乎從以前開始就和磯垣園長在商量收養孩童的事情。園長花了不少時間，逐一向龜岡女士說明了我們是什麼樣的孩子，還有每個人的身世與性情。最後，在我們這些孩子中，龜岡女士選擇了個性文靜且認真向上，雖然想升學卻因沒有錢而無能為力的光里姊。他們和兒童諮詢所派來的人一起討論後，龜岡女士正式地成為了光里姊的養母。由於龜岡女士總是打扮得清爽潔淨，園裡的孩子們大概是察覺到了什麼，每次在她來訪的時候，有的人會故作開朗地來回走動，有的人會拿起平常根本不看的贈書翻閱，也有的人會收拾庭院裡沒人整理的遊樂器材，但這些人都失敗了。

要離開青光園的前一天晚上，光里姊在倉庫裡把折成了四半的便條紙遞給我。便條紙很小一張，其實折成兩半就好，甚至根本不用折，她卻折了兩次。上頭寫著她今後的新家地址。然後，我們接吻了。這是我們第二次接吻。光里姊呼出的氣息帶有香氣，是她平常總在晚餐後喝的即溶式檸檬紅茶。青光園的餐廳角落放有大家可以隨意飲用的紅茶、綠茶和即溶咖啡，大家升上國中以後，都會開始喝即溶咖啡，儼然是種地位的象徵，但光里姊因為不喜歡喝苦的東西，所以總是喝包裝上寫著立頓，放在大罐子裡的檸檬紅茶。

當時她答應我，如果發生了什麼不愉快的事情，一定會透過青光園與我聯絡。自那之後，我從來沒有收到過來自她的消息，現在想必依然過得十分幸福吧，事實上看起來也是如此。

「沒發生不愉快的事嗎？」

坐在客廳的沙發上，我姑且還是問了聲。在廚房吧檯磨著咖啡豆的光里姊抬起頭來看我。

「沒有，你放心吧。」

光里姊的聲音和表情都顯得有些過意不去，這是為什麼呢？她這樣子回答，會讓我覺得自己以前放火燒了烏龜和螳螂家這件事，好像是我一廂情願。

雖說要逃跑，但我也想不到可以逃到哪裡去。所以我找出了光里姊在倉庫裡遞給我的便條紙，騎著摩托車一路往這裡直奔。我希望有個人能聽我訴說自己經歷過的——還有正在發生的事情。只有我一個人實在是無計可施，就算不是正確的也無所謂，我想聽聽其他人的意見。

循著便條紙上的地址來到埼玉縣草加市，眼前是棟偌大的房子，門牌上寫著「龜岡」。按下門鈴後，對講機中傳來光里姊的聲音，我才剛報上姓名，她立刻掛上話筒。還以為要被拒在門外，幾秒後玄關大門卻從內側被用力打開。當時她的表情真的非常吃驚。活像漫畫人物般張大眼睛，眼鏡底下的眼珠筆直地望著我，然後別開，又再望向我，然後別開。看著我與別開視線的時間正好相同。

早在那個時候，我就注意到了。

「妳的眼神和以前不一樣了。」

光里姊的眼神不復以往。不再像是覆著一層半透明的玻璃紙膠帶，好似什麼也進不去，也什麼都出不來，而是確實活著的人的眼神。視線堅定地對焦在了某些事物上。此刻她也用那樣的眼神看著我，點了點頭。

「我自己也這麼覺得。」

電熱水壺喀噹一聲，注水口冒出細長的熱氣。光里姊往熱水壺看了一眼，又重新轉向我，告訴我「結凍的雙眼（Frozen eye）」這個名詞。她在補充說明時，語氣就和從前在遊樂器材倉庫裡為我解說時一樣，我的心情有些平靜下來。

「『結凍的雙眼』用來形容人對一切感到灰心後，不再表露出情感的眼神。在安置機構裡頭，很多孩子都有這種眼神。我以前肯定也是這樣——」

她說到這裡停下來。

說不定她本來想說，你以前也是。

如果她這麼說了，我一定會反問她：那我現在的眼神還是一樣嗎？因為不想聽到答案，所以我假裝沒有察覺。與此同時，我不自覺想起了從前在光里姊推薦下看過的書。那是本薄薄的翻譯小說，主角和當時的我同年，是個就讀國中的少年。雖然生活過得貧窮困苦，但少年還是夢想著有朝一日可以獲得成功。某天，他在旅館遇見了一位正在旅行的老人，老人為他表演了手影戲。手影戲映在旅館的牆面上，隨著蠟燭的火焰左右搖曳。老人的手一接近火光，影子便變大，反之則變小。絕不能太接近光，旅途中的老人說。

『因為越是接近光，你的影子也會變得越巨大。』

明明同個時期在同個機構裡生活，我們的人生已經截然不同。這一刻，我覺得自己好像坐在光里姊投下的陰影裡。

光里姊邀請我進屋後，我馬上向她說明了來龍去脈。先是烏龍突然打電話給我，說有話想當面對我說，然後在大宮的家庭餐廳，向我坦承了十九年前，烏龍的父親田子庸平曾用散彈槍對一名女子開槍，女子中彈後被送到醫院，隨後不幸身亡，而該名女子就是我的母親。接著是從那天之後直到今天的這一週來，發生在我身上的所有事情。當然，不光是烏龍的父親田子庸平遇刺，連一個小時前有兩名刑警跑來公寓找我這件事也說了。還有兩名刑警明顯在懷疑我就是殺了田子庸平的凶手。

但是，只有一件事情我說了謊。

「關於順平的爸爸被殺這件事，我可以問你一個問題嗎？」

光里姊隔著吧檯問。

「你說你不知道凶手是誰，這是真的嗎？」

只有這件事我沒有據實以告。

我無論如何都說不出口。但如果不老實說出這件事，跑到這裡來還有意義嗎？可是一旦照實說了，光里姊說不定會馬上把我趕出去，之後更會抓起手機，把所有事情都告訴警察。因為她有著和以前不一樣的眼神。那是認真活著的人的眼神。倘若一開始在玄關見到面的時候——在光里姊從大門走出來的時候，她的眼神還和以前一樣；和聽到我放火燒了烏龜和螳螂的家，對我說謝謝時的眼神一樣，我肯定早就說了吧。但是，她的眼神已經不同以往。那層半透明的玻璃紙膠帶早已消失無蹤。

「真的。」

回答之後，光里姊仍有幾秒鐘的時間凝視我的臉龐。但是，最後她還是輕輕點頭，拿起電熱水壺，慢慢地往倒三角形的白色陶瓷容器注入熱水。褐色水滴往底下的玻璃壺落去。

「光里姊，妳現在敢喝咖啡啦。」

「其實現在還是不太敢喝，但因為媽媽喜歡，所以我常泡。」

「因為她替妳出了讀書的錢？」

「我為什麼要泡咖啡嗎？」

光里姊歪過頭代替反問。她穿著休閒上衣，比從前要短的頭髮擦過肩膀滑下來。

「我指稱呼。不是女士也不是養母，妳剛才稱呼她為媽媽。」

「嗯。」光里姊宛如這沒什麼似地點頭。

「因為我現在已經不是寄養，而是養女，所以真的算是我的媽媽了。」

我懷抱著殘酷的惡意，帶著像要用力捏爛過熟水果的心情所說出的話語，並沒有傳進對方的內心便消失了。

光里姊泡了兩杯咖啡，放在客廳桌上。

「妳媽媽今天不在嗎？」

我問，光里姊邊點頭邊往對面的沙發坐下。

「她去國外出差了。不過，平常也是直到晚上才會回來。因為她要經營丈夫過世後留給她的公司。聽說是在販售進口皮革製品。」

「這樣啊。」

待在青光園的時候，我從沒思考過龜岡女士是否有在工作，有的話又會是什麼工作。因為我一直以為，有錢人沒有種類的分別。

「她為我出大學的學費，我則是每天負責做家事。其實她也沒有規定，我必須做家事才幫我出學費，只是自然而然就變成這樣，我也覺得這樣的關係很不錯。媽媽沒有出差的時候，晚上我們也會一起聊很多事情，非常開心。」

「所以現在是大學四年級？」

「對。但因為就讀醫大，所以還要讀兩年。」

「原來妳讀醫大啊？」

我反問後，她滿臉納悶。

「確定入學的時候，我曾打電話向園長報告，你沒聽說嗎？」

我搖搖頭。

「園長不會刻意向大家報告吧。」

「為什麼？」

在一個狹窄又髒兮兮的水槽裡，生活著許多金魚。某天，有隻金魚從水槽裡被人用網子撈走了。每當想起被帶走的那隻金魚現在不知道過得如何時，其他金魚都會想像那傢伙如今正躺在砧板上，被菜刀剁成碎片。儘管如此，一旦下次又有網子靠過來，金魚們又會盡可能讓自己的鱗片和魚鰭看起來閃閃動人，好讓對方撈起自己。想像著只有自己被撈走的時候，能前往遼闊的湖泊與河川。

「不知道。」

我偏過頭。

「可能是覺得大家不會有興趣知道吧。」

她應該也察覺到了這是謊話。

「說得也是呢。」

如此答腔的話聲中，聽來帶有一絲感謝。

我問她在學習哪方面的事情，她說就和從前一樣，在學習腦科學與心理學。

「我和媽媽談過了，我要成為醫生。就算遺傳自父母的大腦非常普通，但只要付出比有才能的人多上好幾倍的努力，我想也一定可以成功。」

我想起了初次與光里姊交談時，她提起過的關於名字的話題。她說有些父母會為孩子取那種沒有標注讀音便沒人能唸的名字，但是，他們自己其實大多平凡無奇。因為自己的人生太平凡了，才希望自己的孩子能與眾不同，所以取了不常見的名字。那麼在醫大，和她一樣擁有這種不常見名字的人，究竟有多少呢？我本來想問問看，但八成也得不到明確的答案，所以最後打消了念頭。

對話中斷後，房內突然靜了下來，只有我們偶爾啜飲咖啡的聲音格外響亮。光里姊坐在茶几的另一邊，和剛才在門口一樣，看向我的臉龐後別開視線，又看向我的臉龐。

「光里姊，妳剛才在唸書嗎？」

茶几上攤放著一本厚厚的精裝書。書頁上緣有不少突出來的水藍色便條紙。喝到一半的瓶裝檸檬紅茶放在攤開的頁面上，似乎是用來代替書籤。

「嗯，對啊。」

「打擾到妳了？」

「不會。」

光里姊拿起寶特瓶，轉開瓶蓋。茶几上的書本慢動作般地緩緩闔起。我下意識地伸長手壓住，光里姊因為我的這個動作而身體僵硬。然後她把手伸向頭髮，像要加以掩飾。

「這是什麼？」

我很好奇印在書上的圖畫。

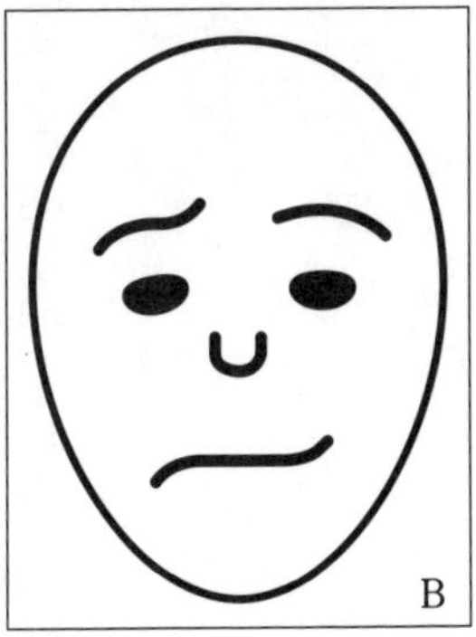

「啊……這個圖案是用來說明大腦的功能。我也不確定算是說明還是實驗。」

光里姊把書轉向我。

「這兩張圖是鏡像。左右相反的圖像。」

進向？——喔，是鏡像啊。

「這兩張圖說明了什麼？」

「說明了人在讀取他人表情時的一種特徵。這兩張圖的表情明明完全一樣，但如果問人哪一張圖乍看下比較快樂，多數人都會回答是Ａ。」

在我看來也確實是如此。

「為什麼會這樣？」

「是大腦右半球和左半球的運作讓我們這樣以為。不知道你有沒有聽過，連接大腦與身體的神經會在中途交叉，右腦負責支配左半身，左腦負責支配右半身。」

好像曾在哪裡聽說過。

「人在看著他人的臉龐時，右腦會率先運作，接收到來自左眼的資訊。也就是說，看著對方表情的時候，我們會優先讀取到進入左眼視野的部分。所以這張左邊嘴角在微笑的Ａ，在我們眼裡看來才顯得比較幸福。」

看了這兩張圖一會兒後，光里姊翻頁。

這一頁印著我也看過的圖畫。

「上面這張是真正的《蒙娜麗莎》，下面這張是鏡像。」

原來如此，這次也是下面那張看起來像是在笑。

「很有趣吧？這代表我們都只意識到左邊的視野，無視於右邊的視野。這種現象被稱為pseudo-neglect——也就是假性忽視，亦即只注意到其中一邊，明明看見了另外一邊卻視而不見。」

光里姊說，右臉和左臉還各自被稱為公共表情和私人表情。

「所以呢，舉例來說，如果想讓他人對自己留下良好的印象，整理妝髮的時候，最好要著重在右臉上，也就是從對方看過來的左邊。你想想，在畫動物和魚的時候，不管是右撇手還是左撇子，大部分的人都習慣畫左臉吧。據說那也是因為慣於用左邊的視野去觀察表情，所以多數人都會不自覺地畫左臉。」

我伸長手，把書翻回上一頁。

再一次看起僅用簡單線條勾勒出的圖畫。明明兩張圖的表情完全相同，一張在微笑，另一張卻哀傷地注視著這邊。我目不轉睛地與表情哀傷的那張圖對視，總覺得那雙以黑色墨水印成的眼睛好像在對我訴說什麼。本來可能存在的自己的人生。十九年前被奪走的，另一個人生。

「關於我是什麼樣的人——」

我移開手，書頁和剛才一樣緩緩闔上。

「光里姊，妳還記得妳以前告訴過我嗎？」

停頓了一會兒後，光里姊回答。

「我說你是精神病態者這件事嗎？」

我點點頭，說出了在見面前就準備好的話。

「我想聽聽妳的想法。妳覺得是烏龍父親射出的散彈槍彈丸，讓出世的孩子變成了這樣嗎？是不是進入母親體內的鉛彈，對孩子的大腦造成了影響？」

彷彿有風迎面吹來，光里姊眼鏡底下的雙眼低垂。

「這我不知道。」

她喝了口寶特瓶裡的檸檬紅茶。

「可是，若論有沒有這個可能……我想確實是有。」

關於我的事情，光里姊明明曾用那麼篤定的語氣談論過，現在卻不論是聲音還是抑揚頓挫，全都充滿了慎重。是因為就讀大學，讀了很多書的關係嗎？還是因為她雙眼表面上的那層半透明薄膠帶已經不存在了？像在等著話題改變，她拿起書，直直地擺在大腿上，注視著成排的水藍色便條紙。就算不是正確答案也無所謂，我只是想要某些明確的答案，所以才會來到這裡。明明我是這麼期盼著的。

「話說回來。」

或許是沉默太久，聲音哽在喉頭變得沙啞。

「那個所謂的精神病態，也會遺傳嗎？」

光里姊的手停下來，瞄向我的臉龐。似乎是太過直接的問題讓她感到不知所措。我只是順從內心想法地回以手勢，請她回答。

「有很多報告的例子都顯示這會遺傳。」

「喔，那果然……」

光里姊像要探尋話語的真意，定定直視我的臉。然後，沉默不語的時間持續了大約二十秒，光里姊大概是再也忍受不了沉默，再一次開口。

「現在的腦科學普遍認為，精神病態有一定程度是先天遺傳，無論置身在怎樣的成長環境下都難以矯正。包括我以前對錠也說過的，還在母親肚子裡時的胎內環境也一樣，而遺傳因子確實也會造成強烈的影響。和智力、容貌還有才能一樣，很多例子都顯示反社會性與攻擊性會由父母傳給子女。」

她說殺人犯的孩子也成為殺人犯的例子不在少數，甚至還有人認為，或許有所謂殺人基因的存在。

「這也就是說，早在出生的那一刻，我們的人生就已經決定好了。」

無論是藝術家還是科學家——

「像我們這樣的精神病態者也是——」

但是，光里姊模稜兩可地搖頭。

「舉例來說像是音樂的才能，無論接受再好的教育，還是有高達百分之九十以上的機率是遺傳自父母，數學和運動方面的才能也有百分之八十幾的遺傳機率，數字相當高。可是，精神病態的遺傳機率事實上究竟有多高，目前還沒有足夠的資料可以顯示。」

只不過，她說曾經有過這樣的調查結果。

「這是發生在墨西哥的真實案例——有對同卵雙胞胎在九個月大的時候，分別成了兩個家庭的養子。其中一個人住在都市，另一個人在沙漠地區長大，收養他們的養父母不管是個性還是生活環境也都截然不同。但是，擁有相同遺傳因子的同卵雙胞胎，卻都在青春期的時候離家出走，在街頭流浪徘徊，好幾次因為不當行為而被送到機構。其他相同的案例在全世界還有很多。」

光里姊說話時忘了手上的書，書在開久了的那一頁攤開來，線條簡單的兩張人臉再次出現。重新以上下顛倒的角度望去後，本在微笑的那張臉孔顯得哀傷，本來顯得哀傷的那張臉孔卻像在微笑——不過，或許是因為腦中還留有剛才的記憶，現在看來，我覺得兩張臉根本一模一樣。

光里姊的話聲中斷，房內再度寂靜無聲。

這時，她在扶著書的手上微微使力。擺在封面和封底上的指尖發出了短促的摩擦聲。彷彿受到這個聲音吸引，牆邊櫃上的時鐘開始傳來秒針走動的聲響。

「我可以老實說嗎？」

光里姊冷不防拍手似地闔上書本，因而形成的風輕輕吹動了她的頭髮。她把闔上的書本抱在胸前，像是要當成護身符。接著她輕吸一口氣，雪白脖子中央的薄薄肌膚往下凹陷。

然後毫無前兆，用完全沒有了剛才那種謹慎的語氣開口。

「我覺得殺了順平父親的人，就是你。」

瞬間——

當時的感覺在全然沒有料到的時機再次向我襲來。那晚在公園的廁所，有雙眼睛從鏡中凝視著我。就是第一次與那雙冰冷眼睛四目相接時襲來的感覺。彷彿雙腳被人砍斷，也彷彿流往四肢百骸的血液在一瞬間結凍成冰——十九年來我一次也不曾感受過的，多半是名為恐懼的感覺。對另一個我的恐懼。

「……為什麼？」

然而，回答時的話聲很平靜，既不顫抖，也沒有刻意用力。這件事讓我覺得自己的身體變得更加冰冷。

「最主要可以說是直覺吧。」

「只憑直覺，就能聲稱別人是殺人凶手嗎？」

光里姊沒有回答。

我垂下目光，接著閉上眼睛。等著被砍斷的雙腳重新長回來——等著體內結冰的血液慢慢恢復溫度。收納櫃上的時鐘指針仍在走動。滴答聲逐漸失去了規律，時大時小地在耳朵裡迴盪。彷彿時鐘正飄浮在自己的腦海中，飄浮在兩耳之間。車輛的引擎聲從門外呼嘯而過。沙發底下傳來彈簧的傾軋聲。混在這些聲響當中，我聽見了某種像是戳破薄膜的聲音，然後是啜飲液體與吞嚥的聲音——

「那是什麼藥？」

光里姊的聲音讓我張開眼睛。

大腿上有一盒藥。是什麼時候拿出來的？

「沒什麼。」

光里姊隔著茶几伸來右手。

「讓我看看。」

「為什麼？」

「別問那麼多，快給我看。為什麼要藏起來？」

「我沒有藏。」

她的視線貫穿了覆住藥盒的右手。收納櫃上的時鐘動著秒針。滴答聲在腦海裡時大時小地迴盪。

「我該走了。」

我說著，同時已經站起來。可是，我又能去哪裡呢？現在不可能回公寓。帶走我頭髮的刑警們不知道何時會來抓我。光里姊的目光追逐著我的行動。我抓起側背包要走出房間，卻又忍不住停下腳步回頭看她。我們因為身高差不多，彼此的目光筆直地在空中交會。

「我應該不會再來了。」

我走向玄關。從剛才開始，雙腳就沒有感覺。明明在走路，景色卻彷彿是無聲地從我左右流過。光里姊來到走廊追上我，揪住羽絨外套的袖子。

「等等。」

眼鏡底下的雙眼首次流露出了強烈的神采。

「我想和你談談。」

就在這時，牛仔褲口袋裡響起來電鈴聲。

拿出來一看，螢幕上顯示著間戶村先生的名字。

「是工作上的電話。」

光里姊還想說些什麼，但我不予理會按下通話鍵，背對她走向玄關。我一面用肩膀把手機固定在耳朵上，一面讓雙腳套進皮靴裡。我最好快點離開這棟屋子，遠離光里姊。但在下個瞬間，耳邊傳來間戶村先生的話聲——

『錠也。』

我的注意力頃刻集中到了他身上。

『抱歉，大事不妙。』

因為他的聲音讓我感到非常熟悉。不，我指的當然不是間戶村先生的聲音本身，而是那種發聲的方式。那是肉體遭受到了巨大的折磨時，人在竭盡全力下所發出的聲音。

『你現在說不定會有危險。』

「這什麼意思？」

我推開門，走出玄關。

『今天有個我認識的記者被殺了。他是週刊新報的記者，今天早上在住家附近遇刺身亡。整個人被刺了好幾刀……不光身體，連頭和臉也被砍得很慘。』

「那為什麼我可能會有危險？」

『那個記者，之前就是他寫了涉嫌吸毒的報導。』

我還是一頭霧水。

『凶手還沒有找到，但我知道是誰。因為那傢伙剛才跑來把我痛扁了一頓。剛才他逮到我後，把我拽進巷子裡，二話不說就對我拳打腳踢——』

啊，原來是他啊。

「是現在還下落不明的那個人嗎？」

間戶村先生沒有立即回答，只有像拖著濕物的呼吸聲在耳畔持續響起。我回頭看向玄關。光里姊垂著雙手，用瘦削的肩膀撐著半開的門扉站在那裡。我往她走回去，硬是把門關上。光里姊不安的臉龐消失在屋內。

『沒錯……就是政田宏明。雖然他戴著眼鏡和帽子，但絕對是他。我靠聲音和身高可以肯定。』

所以也就是這麼一回事吧。

政田宏明因為被爆出外遇和涉嫌吸毒，人生毀於一旦，所以調查了報導這兩則新聞的記者，找上他們報仇。而我之所以會有危險——

「間戶村先生，你說出了我的事情吧？」

『因為他威脅我……我今早又聽說週新那傢伙遇刺身亡，所以……』

「你說了吧？」

『說了。』

「你具體說了什麼？」

他說他供出了姓名、地址和電話號碼。

「說得還不少嘛。」

『因為被他看到了我手機裡登記的資料。一開始我全都提供了假消息，可是那傢伙搶走我的手機，查看內容以後，馬上發現我說的假名沒有在裡頭，所以我也是走投無路——』

所以就說了吧。

『我想只要馬上報警，應該就不用擔心。警方既能趁這機會逮到政田，也能保障你的安全。』

「間戶村先生，你已經報警了嗎？」

『我等等就會報警。我心想要先打給你，告訴你發生了什麼事，所以現在才——』

「請你不要說出我的事情。」

警察對我來說很危險。

因為我在警察眼中，是殺害田子庸平的重要嫌疑犯。要是在這種情況下，得知政田宏明想殺了我，事態會鬧得更大，偵查人員有可能增加到兩倍甚至三倍。一旦演變成那樣，要持續逃亡會變得非常困難。

「當然，間戶村先生可以向警察說出你被政田襲擊的事情，這麼做也對你比較好。可是，請你不要說出我的名字。」

『但是，錠也——』

「放心吧。我最近都不會回公寓，就算有人打電話給我——」

自己說完以後，我才恍然警覺。我曾經聽說過，只要開著行動電話或智慧型手機，警察就能找到自己的所在位置。而我現在不只開著電源，甚至還在通話。

「抱歉，我先掛了。」

我急忙掛斷電話，順便關閉手機的電源。已經來不及了嗎？不，說不定還不用擔心。雖然不知道DNA鑑定會花多久的時間，但至少谷尾刑警和竹梨刑警在那之後，應該是帶著我的頭髮，先前往類似研究所的地方委託鑑定。等到結果出來，要再回到我住的公寓又需要一段時間，而且他們按門鈴、拍著門不停呼喊「坂木先生」這些動作，也能拖延一點時間吧。不會有事的。他們一定還沒開始透過手機尋找我的所在位置。只要現在馬上移動去其他地方，就不需要擔心——但是這麼心想的同時，我仍有種全身上下好像充斥著孑孓的感覺。不能回公寓，也不能打電話，更無處可去。原本我擁有的東西就不多了，如今更是迅速地逐一失去。我轉動雙眼看向玄關大門。剛才自己硬是關上的大門。自那之後，光里姊沒有再出來露面。她已經死心了嗎？決定不要再與我有瓜葛了嗎？

還是說。

『我覺得殺了順平父親的人，就是你。』

在那扇門內，她是否已經採取了什麼行動？該不會正在打電話報警吧？就算還沒報警，說不定也在遲疑著該不該打。皮膚內側冒出大量孑孓。比起放火燒了烏龜和螳螂家的那晚，數量增加了好幾倍。是什麼時候增加到這麼多了？我把手機塞回牛仔褲口袋，雙腳逕自往大門走去。光里姊在做什麼呢？在門的內側做些什麼呢？我用右手轉動門把拉開。剎那間，孑孓不約而同地朝著脖子內側游去，從下巴深處經由耳朵背面，開始往眼球內側聚集。太過密集而擠不進去的孑孓們更從眉毛內側穿過額頭，往頭部、往大腦深處挺進。必須吃藥才行。得趕快提升心跳速率，趕走這些孑孓。可是，我覺得會來不及。要來不及了。

我伸手握住門把，然後轉動。

（三）

光里姊坐在玄關的臺階上，手環住穿著牛仔褲的兩膝。一看到我走進來，她猛然起身，但許多話大概都堵在了喉嚨，讓她無法順利發聲，纖細白頸中央的肌膚一顫一顫，嘴唇只是半張著。等了幾秒之後，聲音總算從她的嘴裡發出來。就好像要一口氣把所有話都擠出來般，最上面的那句話直接蹦出。

「錠也會有危險……那是什麼意思？」

光里姊真溫柔。

「剛才我聽到電話內容了，那在指什麼事情？」

「妳不用擔心。」

我盡可能放柔語氣回道。

「倒是妳沒事吧？臉色很蒼白。」

我靠上前。她站在原地沒有移動。

「光里姊，我想再問妳一次。」

兩人的距離逐步縮短。

「妳為什麼覺得是我殺了迫間順平的父親？」

「我說過了，是直覺。」

「真的只是這樣嗎？」

光里姊點頭。

雙眼直視著我。

原來如此，看來真的是直覺吧。但是說穿了，直覺也是從知識和經驗得出的答案。是那個人無意識地使用了自己的能力後，所得出的最接近正確答案的解答。正如剛才在客廳說過的，只憑直覺就聲稱別人是殺人凶手，未免太過分了，但能夠精準說中也是了不起。光里姊肯定擁有這方面的能力吧。而且能夠那麼毫不猶豫地說出口，想必她對自己的能力也擁有自信。不過，我也不知道具體而言是什麼樣的能力。是能夠揭穿他人謊言的能力？還是能夠看穿他人祕密的能力？聽說光里姊出生在平凡無奇的上班族家庭，但鑒於剛才與遺傳有關的話題，她會擁有這種能力，代表她的父母親可能也擁有這種才能。只是剛好沒有機會可以發揮，內心的不滿、後悔還有對他人的嫉妒，才像排水溝的毛髮般不斷在喉頭累積，直至無法呼吸後，就對身心都還十分脆弱的親生女兒施以肢體與言語上的虐待，想要極盡所能地敲出一個可以呼吸的通風口吧。

「妳應該沒有報警吧？」

光里姊點了個頭。看來不像是說謊。

「之後也不會嗎？」

但是，這次光里姊望著我的雙眼沒有回答。她沒有否定，顯得遲疑。僅此而已，對我來說就足夠了。我決定跟隨此刻浮現在自己心裡的，最接近正確答案的解答。我脫鞋走上走廊。光里姊要上不下地舉起雙手，採取防備。我直接從她身旁經過，朝屋裡走去，她頓了幾秒後追上來。

「關於剛才的藥。」

聽著耳後傳來的話聲，我穿過走廊，走向光里姊剛才磨過豆子、泡了好喝咖啡的廚房。流理台上放有木製刀座，上頭插著大、中、小三把菜刀。刀座側面有四方形的挖空，可以看見三種菜刀的刀尖朝著下方排列，儼然像是畫框裡鑲著這樣一幅畫。最大的那把刀有著鋸齒狀的刀刃，多半是用來切麵包的。中間那把是料理刀，最小的是水果刀。

「欸，你為什麼要吃那種藥？那種藥的作用是『降低』心跳速率——」

我抓起中間那把料理刀，轉過身刺進她的胸口。料理刀深深陷入，連握柄尾端都與休閒上衣緊密貼合。我第一次知道，原來對象與自己的身高差不多時，殺人是件這麼輕鬆的事情。光里姊的表情從內側開始崩壞。她發出了短促的，好似在笑的顫抖呼氣聲後，就好像是衣服從衣架上滑落下來那般，幾乎沒有發出任何聲響地倒向地面。手腳劃過空中，跳舞似地朝著不同的方向跌落在地，臉剛好朝著正上方。光里姊維持著這個姿勢靜止不動。眼鏡底下的雙眼望著天花板，好一會兒左右搖蕩，最終變成兩灘小水窪。

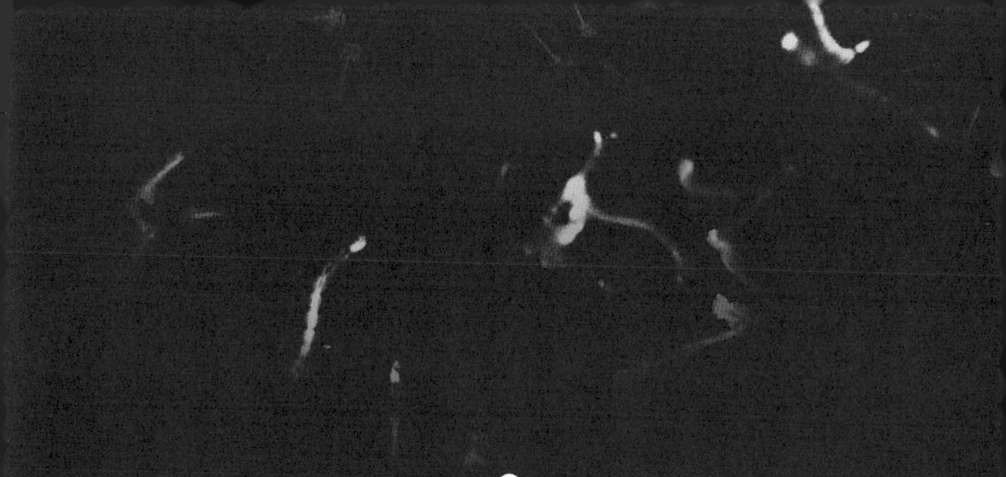

# 三章

（一）

在窗口出示健保卡，簽了全名領取存局候領的信封後，我把信封夾在腋下，低著頭走出郵局。我試著從瀏海縫隙間察看四周，但誰也沒有注意到我。

返回池袋的半路上，我等不及地在電車裡拆開信封。裡頭是兩張訂在一起的A4紙張，紙上寫著「鑑定結果」。正想看起資料，但還沒開始看，我想知道的結果就已經清清楚楚地列在了第一張紙的上半面。

「果然啊。」

走出池袋車站，我刻意選擇人多的道路走向賓館。

今後一旦媒體在報導的時候刊登了照片，告訴大家兩起殺人案的嫌犯長什麼模樣，屆時就只能挑人少的地方走，不然就是必須喬裝打扮才能外出。不對，就算只報導了坂木錠也這個名字，從前被人拍到過臉部的照片也可能在網路上流傳。不過，我並不怎麼擔心。因為對於未成年的嫌疑犯，警方在尚未逮捕之前，應該是不會公布名字和照片。

我的目的地，是自從昨天殺了光里姊後，開始當作藏身之地使用的一間賓館。這是我生平頭一次踏進賓館，想不到房間相當舒適，也比我想像中的還要整潔。不只有淋浴設備，甚至還有按摩椅，最棒的一點是，出入時不需要與任何人碰到面。櫃檯雖然有個大嬸，但看不見彼此的臉，就算我自己一個人走出去，她也不會說什麼。要是可以連住就更好了，但制度上這點似乎不可能。所以昨天是住在不同的房間，從休息優惠時段開始直接過夜，早上才退房。等到同間賓館的休息優惠時段開始時，再次登記入住。雖然有點麻煩，但好一陣子可能都要過著這樣的生活了。總之，先持續到手頭沒有錢為止吧。

走向賓館街的途中，我在一間居酒屋前停下腳步。眼下剛過中午不久，隔著玻璃窗看進去，店裡頭沒有半個人。我的身影倒映在玻璃窗上，窗內是倒放在桌面上的椅子。玻璃窗上是毫無特色的五官、牛仔褲、袖子破了洞的羽絨外套。無論是出入郵局、搭乘電車、走在路上，還是像這樣停住不動，誰也沒有回頭看我。說不定自己至今也曾像現在這樣，在什麼也不知道的情況下與殺人犯擦身而過，或是在電車裡與對方比鄰而坐。

經過身後的路人「咚」地撞上我的背部。我往前撲去，雙手抵住玻璃窗。窗上倒映著一個看來比我年輕幾歲的少年，他照樣眼前舉著智慧型手機，往我這邊瞥來一眼，完全沒有道歉，馬上低頭看向螢幕，繼續前進。

我本來想回頭，但還是作罷。

雙手繼續抵著冰冷的玻璃窗，在近距離下審視自己的臉孔。

我想起了光里姊書上的鏡像，試著只揚起左邊嘴角。玻璃窗上的自己也揚起了同一邊的嘴角。然後我再試著揚起右邊，露出笑容。對面的自己也揚起了那一邊的嘴角。但不論是哪一邊的臉孔，看起來都沒有幸福快樂的感覺，最後我試著同時彎起兩邊嘴角，結果還是一樣。根據光里姊所言，人的左臉與右臉似乎會給人留下不同的印象。但因為鏡子會左右顛倒，所以這樣說起來，這表示我至今在鏡中看見的自己，都和他人眼中的自己不一樣。而且只要是看著鏡子，就無法看見真正的自己。我好一會兒咧嘴笑著，思考著這些事情。從小就經常受到稱讚的整齊齒列在冰冷的玻璃窗上分外醒目。

（二）

走進賓館前，我先在附近的便利商店買了關東煮和兩瓶茶。

關東煮一下子就吃完了。然後我盡可能小口小口地喝著其中一瓶茶，從剛才開始，一直看著從早上開到現在的電視。現在不能用手機，窗戶也只開了一條細縫，沒有其他東西可看。

螢幕上的資訊性節目正在播報光里姊遭到殺害的新聞。被害人光里姊的名字當然是寫著正確的漢字，我感到久違地望著那行文字。我試著轉台，但其他電視台要嘛也在報導同一個案子，要嘛就是在報導田子庸平遭到殺害的案件，不然就是政田宏明目前行蹤不明和涉嫌吸毒，還有疑似與樫井亞彌外遇的消息。一想到這些報導都與自己有關，感覺實在很奇妙。

「真傷腦筋。」

數不清第幾次地低聲咕噥後，我倒在枕頭上。

還是睡一下比較好吧。

但是，就在我要把手伸向遙控器的時候，螢幕內突然變得非常嘈雜。

『是陽性反應，有陽性反應！』

畫面右下角出現了一個四方形框框，記者在屋外單手拿著麥克風說話。

『樫井亞彌小姐的藥物檢驗結果呈陽性反應！』

工作人員的慌張話聲來回交錯，主持人與記者展開對話，左右兩邊的評論家們或是臉色凝重，或是盤起手臂動著嘴唇，或是一臉「我想也是」的表情點頭。

「……大家還真辛苦。」

我打著呵欠嘀咕說道，腦子裡想的還是自己的事情。

自己今後的事情。

我在殺害光里姊和田子庸平的案子中都是嫌疑犯，名字洩露給媒體知道只是時間早晚的問題。谷尾刑警與竹梨刑警來公寓的時候，帶走了我的頭髮。他們一定用我的頭髮和殘留在烏龍公寓裡，不知道是頭髮還是什麼的某種可以取得DNA的證物進行了比對，然後確定果然是我後，現在正動員大批警力在找我。要是找了一段時間還找不到，說不定會果斷決定公開通緝。萬一演變成了那種情況，我恐怕將四面楚歌。現在還能住在賓館，在路上自由來去，但一旦錢花完了，我究竟還能去哪裡呢？偷東西風險太大，去自動櫃員機領錢感覺也很危險，又不能與唯一的收入來源間戶村先生聯絡。若不打開手機電源，我就不知道間戶村先生的手機號碼，他也聯絡不到我。更何況就算聯繫上了，現在彼此也完全不是可以談新工作的狀態。間戶村先生已經被政田打成重傷，我又遭到警方的追捕。

想到這裡，我才忽然驚覺。

關於這兩起殺人案，該不會並不是警方不公布嫌犯的資料，而是和嫌犯有關的報導受到了限制吧？會不會媒體早已經查到我的名字了？在間戶村先生心裡，說不定已經把我當成了「殺人犯」。

有沒有什麼辦法能確認這件事？

我思索著翻過身體，趴在床上。床頭有塊可以操控房間燈光和背景音樂的控制面板。剛開始進來這裡的時候，雖然大感新奇地到處亂按過，但馬上就厭煩了。控制面板旁邊還擺著造型非常時尚，猛一看根本不像電話的電話，貼在0旁邊的小貼紙上印著「外線」。

啊，對喔。

有個簡單的方法可以聯絡間戶村先生。

我拿起話筒，按了0之後撥打104。撥號聲響了兩回半後，女接線員接了電話。我雖然早就知道有這項服務，但還是第一次使用。

『讓您久等了，這裡是104查號台。敝姓細村，很高興為您服務。』

「我想請問總藝社的電話號碼，我記得是位在新宿區。」

『所以您想查問東京都新宿區，出版社總藝社的電話號碼嗎？』

「對。但如果可以直接查到週刊總藝的號碼，請給我那邊的。」

『週刊總藝查無號碼，只能為您提供總藝社的總機。』

「那請給我總機。」

『那麼，稍後為您提供東京都新宿區總藝社的總機號碼。感謝您的來電。』

電話「嘟」一聲切換，由機器唸出了號碼。我記下號碼後，先掛了電話，再用外線重新撥打得到的號碼。

『您好，這裡是總藝社的總機，讓您久等了。』

話筒裡傳來的聲音和剛才一模一樣，我幾乎要以為是同一個人。

「我想找週刊總藝的記者間戶村先生。」

『要找週刊總藝的間戶村是嗎？方便請教您的大名嗎？』

「坂——」

差點要說溜嘴。

「可以用縮寫嗎？」

『是的，沒問題。』

居然可以嗎？

「那……我叫ＪＳ。」

『好的，ＪＳ先生嗎？那麼請您稍候，為您轉接到週刊總藝。』

話筒裡傳來通話保留的音樂。是很熟悉的優美旋律。雖然不知道是什麼曲子，但我在青光園的時候曾在電視上看過，歌手是個纖細的白人女性，由五官與她神似的男人彈著電子琴伴奏。

『週刊總藝您好，讓您久等了。』

一個年輕男人接了電話。

「呃，我想找間戶村先生。」

『真是不好意思，間戶村今天休假不在。』

「我想也是。」

『哦……』

「間戶村先生現在遭到政田宏明襲擊，應該受了重傷吧，我想請問他的電話號碼。因為輸入了號碼的手機現在沒辦法使用。」

對方沒有作聲。

沉默持續了頗長一段時間。

『我現在為您確認，還請您稍候。請問大名是——』

「我是ＪＳ。」

『ＪＳ先生是嗎？請您稍候。』

這次通話保留的音樂是小學時練習過的〈小白花〉。

在播放保留音樂的時候，對方想必是用其他電話或手機打給了間戶村先生吧。樂聲一中斷，剛才那人又接起來，告訴了我間戶村先生的手機號碼。

接著撥打間戶村先生的手機號碼後，電話響一聲就通了。

『……錠也嗎？』

一聽到這個聲音，某種陌生的情感襲向胸口。

像熱水一樣。

就好像熱水從胸口一鼓作氣湧上鼻腔。

「嗨，辛苦了。」

『我就知道是你！哎呀，能聯絡到你真是太好了。錠也你沒事吧？你現在在哪裡？我打了你的手機好幾次都打不通，擔心得要命——對了，我想政田肯定正在四處找你。

我聽了你的話，沒把你的事情告訴警察，但還是交代清楚比較好吧。』

光聽間戶村先生的語氣，我想知道的事情似乎很快有了答案。關於田子庸平和光里姊遭到殺害的這兩起案子，看來警方並沒有把我的名字公布給媒體。

「沒關係，請你繼續隱瞞我的事情吧。你不用擔心。」

『可是——』

「間戶村先生現在怎麼樣了？」

『我？我淪落到了醫院裡頭，得一直躺在病床上。全身還有五處骨折。雖然我對警察說了，把我毒打一頓的人絕對是政田宏明，但我也不知道現在情況有什麼發展。畢竟我也沒有確切的證據，誰知道警察會不會真的展開行動呢。不不，我想應該會吧。啊，對了，你怎麼打來了？發生什麼事了嗎？』

「也沒什麼。」

雖然想問的事情已經解決了，我卻覺得還沒做完自己想做的事情。

到底是什麼呢？

我總覺得和從剛才起一直湧上心頭的這種陌生情感有關。並不是想一直聽著間戶村先生的聲音這一方面——我想做的，是某種更加具體的事情。

「啊，對了。」

腦海中總算浮出了答案，我讓話筒貼著耳朵，撐起上半身盤腿而坐。緊盯著床頭牆上亮晶晶的磁磚，說出自己想說的話。

「我是想先向你道別。」

『啊？』

「因為以後可能見不到面了。」

『咦？那我可傷腦筋了。錠也，你這話什麼意思啊？』

反正間戶村先生很快就會知道，所以我沒回答。

儘管往來時間不算很長，但間戶村先生一直提供工作給我，對於我的工作成果還表現得興高采烈，也代替未成年的我在網路上購買阿米替林。之前還約我一起吃飯，只不過因為和烏龍已經有約了，所以被我拒絕。回想起來，直到那一天為止，我的人生還不算壞。雖然沒有父母，沒有學歷，住的公寓也老舊破爛，但是做著間戶村先生委託給我的工作——做著只有我能完成的工作，我相信自己作為一個個體，是為了自己而活著。但是，現在的我已經不確定了。我不知道自己是誰，是什麼樣的東西。腦海中的自畫像不停左右偏移，所有線條都互相重疊。

「間戶村先生，你知道所謂的精神病態嗎？」

我不由自主想問一問。

間戶村先生「嗯？」地反問，但我沒再作聲。

『……知道是知道啦。』

「你大概知道多少？」

『我自認為了解得很深入喔。因為之前待在實用書籍部門的時候，我編過那方面的書。』

是這樣啊。

『雖然是實用書籍，但賣得還不錯呢。』

「像他們那種人——」

有件事情我很想知道。

在光里姊家的時候，要是能開口問問就好了，但那時候該想的事情太多，最後又演變成了那樣。這個單純至極的問題，卻好像很久以前遺忘了的物品般，最終還是被我收在心底深處。

「不知道到底是怎麼在這個世界上生活。」

『誰？精神病態者嗎？我想每個人各有不一樣的生活方式吧。而且好像有不少歷史名人和知名人物也都是。』

他說了和光里姊一樣的話。

『比如德蕾莎修女、彼得大帝、毛澤東、成立了那間大企業的史帝夫・賈伯斯，還有冷靜地成功登陸月球的阿姆斯壯，有人認為他們都是精神病態者。當然我也不知道這是真是假，但是的確，在編我剛才說的那本書時，我也調查過這些人平常私底下是怎麼生活，就覺得搞不好還真是這樣。』

間戶村先生用一如往常的輕快語氣滔滔不絕，讓人幾乎要忘了他現在正因為身受重傷而住院。

『搞不好我們身邊其實也有不少這種人喔。你瞧，我看那個政田宏明八成也是精神病態者。現在媒體正在報導他出道前的經歷，雖然講得好像歷盡艱辛，但仔細想想根本異於常人。』

我也還記得在手機上看過的報導內容。政田宏明從國中開始就主動聯繫各家經紀公司，請他們來看自己的表演，再不然就是突然殺去東京，逐一拜訪每間經紀公司，遇到了專門發掘新人的負責人，還在對方面前自顧自地演起戲來，這些確實不是一般人會採取的行動。

『還有像是出道以後就展現出了不像新人會有的純熟演技啦、不用替身就自己上場拍動作戲啦，每一樣都很符合精神病態者的特徵吧？這次甚至發生了這種事情。那傢伙肯定有問題，絕對是精神病態啦，絕對。』

聽著間戶村先生恨恨的聲音，我不自覺地對政田宏明產生些許親切感。

「像他們這種人……不知道是不是從一開始就是這樣。」

『什麼從一開始？』

「就是從出生開始。」

光里姊這麼說過。

但是，意外地話筒中傳來笑聲。

『怎麼可能啊。唔，雖然確實是有這方面的學說，像是遺傳和胎內環境會造成影響之類的。可是歸根究柢，還是跟成長環境息息相關啊。是啦，從科學層面來看，從出生開始就有極高可能成為精神病態者的人確實存在，但這也不是絕對。比起環境對當事人造成的影響，遺傳的影響力還是非常薄弱。舉寫作才能這個例子來說好了，有資料顯示這幾乎不會遺傳。畢竟如果不是這樣，那育兒和教育根本一點意義也沒有了嘛。再譬如說美國的——嘿咻。』

大概是在病床上翻了身，聲音傳來的方式變得不太一樣。

『這是美國一位心理學家提出的案例，有一對同卵雙胞胎姊妹，在出生不久後便分隔兩地。其中一人成了音樂老師的養女，另一個人則在與音樂完全沒有關係的家庭長大。那後來這兩個姊妹怎麼樣了呢？其中一人成了職業鋼琴家，另一個人卻對音樂不感興趣，就算成年了也看不懂半個音符。錠也，你猜這兩人分別在哪個家庭長大？』

「應該是音樂老師養大的那個女孩，成了職業鋼琴家吧？」

間戶村先生說恰恰相反。

『是在與音樂無緣的那個家庭長大的女孩，成為了職業鋼琴家。至於連音符也看不懂的，是由音樂老師拉拔長大的那一個。她們多半都擁有音樂方面的才能吧，但其中一個人可能是因為父母一直要她學習音樂，她反而心生厭煩。雖然我也不知道到底是為什麼，但是這個例子乍聽之下，會讓人覺得正好證實了無論在何種環境下，才華都能開花結果吧？因為夢想成為職業鋼琴家的女孩，縱使是在與音樂無緣的家庭長大，還是成為了成功的鋼琴家。可是反過來說，這個例子也在告訴我們，遺傳自父母的天賦在環境作用下，什麼都有可能發生吧？因為明明擁有相同的才能，其中一人卻連半個音符也看不懂。』

這樣說好像也沒錯。

「雖然這樣比喻很奇怪，但假設成為精神病態者是種才能，並不是所有人都能讓才能開花結果。若真能開花結果，也只是代表他很順利地孕育了這個才能。」

假使真如間戶村先生所言——

那現在這樣，一定是很順利地孕育了才能吧。

除了母親在懷孕期間攝取的尼古丁和酒精，還有田子庸平射出的彈丸中含有的鉛，這些都沿著母親的臍帶進入了胎兒大腦。於是，本來就已經帶著才能誕生到這世上——然後不知道人生中的哪些環境因素又帶來了影響，更是促使才能成長茁壯，才變成了現在這樣一個只是為了自己，就能夠眼睛眨也不眨地殺人的人。

剛才還湧到鼻腔，如同熱水般的情感開始逐漸冷卻，與此同時，我意識到了一種心死的感覺正迅速蔓延至全身。

「……話說回來。」

在對一切感到萬念俱灰之際，問題不自覺地脫口而出。

「間戶村先生，你在哪間醫院？」

間戶村先生告訴了我醫院名稱。那間醫院在新宿區內，離總藝社相當近。我曾經騎著摩托車經過好幾次。

『我在三樓。』

「三樓是嗎？了解。」

說完「有事再聯絡」後，我放下話筒。

接著下了床，抓起丟在地板上的羽絨外套，走出房間。搭乘電梯到一樓，到了入口大廳停下腳步，探頭看向櫃檯。壓克力板內側毫無人影。那個大嬸是去打掃房間了嗎？還是正在休息？我躡手躡腳地經過櫃檯，穿過自動門來到巷子。

我把摩托車停在附近一間老舊公寓的停車場裡。裡頭已經停有好幾輛摩托車，看起來也無人在認真管理，我就讓自己的摩托車混在其中。

走到停車場，推著摩托車來到公寓入口玄關。我把車牌折起來，跨上摩托車插入鑰匙。回頭吧、回頭吧、回頭吧——從剛才開始，腦海深處就一直傳來這句話。但是，在我轉動油門駛進車道的瞬間，聲音便消失遠去。

我一輛接著一輛超車，以最短距離前往醫院，不到二十分鐘的時間就抵達了。我判定最好別把摩托車停在醫院的停車場，先從醫院前方呼嘯而過。記得前面有座付費停車場。

就在這時，人行道上一個正朝醫院入口走去的人影躍入眼簾。是個身材高大，戴著帽子和口罩的男人。

在察覺到那個人是誰的瞬間，我已經往前又奔馳了五十公尺。我急忙握住前輪煞車，往左傾倒車身，讓後輪摩擦著路面停下摩托車。

緊接著我讓摩托車倒向人行道上的行道樹，朝著醫院的方向拔腿狂奔。

剛才的人影已經消失了。

我再跑向大門口，卻也沒有任何發現。他是走進了間戶村先生所在的這間醫院嗎？還是我認錯人了？我把安全帽夾在腋下，感到遲疑。最終，還是朝著醫院入口邁開腳步

——

（三）

張開雙眼，有張男人呈橫向的臉。

視線模糊不清。

腫脹的眼皮遮擋住了視野，再加上眼球似乎也受到損傷，我無法順利對焦。

只知道自己正躺著，眼前的男人正坐著。我試著集中視線，想要看清男人的五官，但雙眼就像故障的相機般無法對焦。

花了大約十秒的時間，我才找回失去意識前的記憶。

不知道對方拿的是鐵撬、鐵管還是木棍，總之我的臉部無預警地受到強烈衝擊。下個瞬間，我彷彿失去了頭部以下的身體般，眼前的景色轉了一圈，後腦勺狠狠地撞在鋪有柏油的人行道上。才剛反應過來，和第一擊同等程度的衝擊力道又接二連三地落到我臉上。在那個當下，因為全身還處在頭部以下好像消失了的感覺中，所以在我的想像畫面裡，就像是有人在襲擊我後，接著又死命敲打滾落在地的頭顱，非常詭異駭人。

那麼，這裡又是哪裡？

只能肯定是在室內，除此之外我一無所知。舌頭後方直到喉頭全是血味。右邊鼻子不知道是不是被血塞住了，還是因為腫得太厲害，完全無法呼吸。左邊鼻子倒能聞到機油的味道。而且從剛才開始我就聽不見任何聲音，是耳朵聾了嗎？

「……錠也。」

看來耳朵沒聾。

那喉嚨呢？我試著發出「啊」的聲音，很順利地發聲了。

「……我知道。」

知道什麼？

「殺了我爸的人，就是你吧？」

原來啊。

我總算知道眼前的人是誰。

「……烏龍？」

對方縮起四四方方的下巴點頭。

視野慢慢變得清晰。眼前的人是迫間順平。他坐在一張圓椅上，身體前傾，兩條手臂擱在大腿上。至於我呢，就和之前去殺害田子庸平時在公寓裡看見過的那兩團棉被一樣，被迫間順平扔在角落。感覺上真的就是隨手一丟，我的身體沿著牆壁直直平放。

肌膚逐漸恢復知覺，地板和牆壁很冰。

我先是試著坐起來，但雙手完全不聽使喚。不是因為被痛打一頓後造成的後遺症，而是因為我放在肚子上的雙手被繩子綁住了。那腳呢？真糟糕，腳也同樣被綑在一起。

隔著迫間順平那張坐墊般的大臉往後看去，可見鋼筋裸露在外的屋頂，還有形狀像是把拉麵碗倒過來擺放的幾盞照明。所有燈都開著，照亮了室內，但也有光線是從牆壁上緣與屋頂間的窗戶透進來。現在似乎已是傍晚，光線呈橘黃色。屋頂相當高，牆壁距離也很遠，由此可知我們是在一處很寬敞的空間。從氣味和氛圍來看，應該是工廠那類的地方吧。

「你真狠啊，不說一聲就動手，還把人帶來這種地方。」

右下嘴唇不知道是腫起來了，還是被打得快掉下來，只要我在講話時動到下巴，那一帶就有種被往下拉扯的感覺。

「比起你對我爸做的事情，我已經是手下留情了。」

要這麼說也對啦。我這樣心想著轉動視線，再次確認自己的狀態。羽絨外套和牛仔褲上到處都沾有血跡。我與迫間順平間的距離大約是兩公尺。

「你要對我做什麼？」

下巴關節好像也脫臼了，嘴巴沒辦法正常張開，我只能動著晃個不停的嘴唇說話。

對方以非常緩動的動作交叉手臂，定睛地觀察過我後才回答。

「我打算把你對我爸做的事情，原封不動地還給你。」

這也就是說，他要拿把菜刀刺進我的胸口，讓刀刃全部陷入後，再握住握柄上下左右攪動嗎？

「喂，你誤會了。我沒有殺人。」

我不抱希望地試著否認。他應該不會相信吧——不，說不定會有些信以為真。至少應該能夠爭取時間。我等著對方的反應，用喉嚨緩慢不順地呼吸，但聽到的回答卻出乎我的預料。

「不管是不是你都無所謂。」

「嗯？」

「我能洩恨才是最重要的。我會認定是你殺了我爸。一邊這樣認定，一邊殺了你。這樣一來就能洩恨了。我只要能洩恨就好。」

原來如此。

不愧和我一樣，是血統純正的精神病態者。

雖然腦袋可能不聰明，但思考模式基本上與我相似。因為相似，我也想像得出他接下來的行動。過不了多久，他就會毫不躊躇地實行自己剛才說過的話吧。理由呢，並不是因為心愛的父親被殺了。我們才不會這樣想，也不會產生這種情緒。迫間順平之所以想要殺我，是基於更簡單明瞭的理由——也就是我奪走了他好不容易開始一起生活的父親。因為我奪走了屬於他的東西。

不過，這情況還真不妙。

得想想辦法解開繩子。如果沒辦法解開，至少也要爭取到一點時間。我思考著有沒有什麼方法。

答案馬上就出來了。

「對了，我想這件事你應該不知道。」

只不過，如果對方的思考模式與自己相近，成功的可能性非常低。

「我們其實是兄弟。」

對方微微挑起了單邊粗眉。

「你和我是有血緣關係的兄弟。」

這可不是謊話。

我已經確認過事實了。

今天白天我去郵局領的存局包裹，就是之前委託的ＤＮＡ鑑定結果通知書。

在要動手殺了田子庸平的兩天前，我用智慧型手機在網路上訂購了ＤＮＡ鑑定工具。早在以前我就聽說過有這項服務，試著上網搜尋後，找到了好幾間鑑定中心。我從中選擇了交件時間最快的，寫下了申請書。根據網路上的說明，委託鑑定的方法很簡單，如果想要調查某兩個人的血緣關係，只要用棉花棒刮抹口腔黏膜就好，再裝進回信用的袋子裡，送回委託中心。工具預計寄到公寓的那一天，我前往迫間順平家，殺了田子庸平。隨後掰開屍體的嘴巴，拿出準備好的棉花棒，刮了下口腔內側，裝在保鮮膜裡帶回公寓，碰巧這時候宅配人員也送來了鑑定工具。我把塞進過田子庸平嘴裡的棉花棒，和刮過自己嘴巴黏膜的棉花棒放進送驗用的袋子裡，然後寄送出去。鑑定結果本來會送到指定的地址，但我料到多半很快就無法再待在公寓，所以請對方直接寄到郵局，今天白天去領了回來。

結果正如那兩個人告訴我的，我與田子庸平確實是有血緣關係的父子。我只是基於好奇想確認結果而已，所以內心除了「啊，果然啊」的想法以外，沒有什麼特別的情感產生。

「還有，十九年前，埼玉縣發生的那起搶案，其實根本不是搶劫。當時新聞報導的內容幾乎都是假的。」

為了爭取時間，我盡可能一字一句地慢慢說。但嘴巴都變成了現在這樣，本來就無法語速很快地說話。

「我媽離開育幼院以後，曾待在一間日式高級料理餐館工作，但後來那間店倒了，她就是在沒有工作的那段期間認識了你爸。」

這些事全是那兩個人告訴我的。

「那時候，你爸還和自己的父親、太太，還有剛出生不久的你住在一起。對，也就是所謂的外遇。長那樣居然還外遇，簡直笑死人了。」

不小心說溜嘴了。

「當然我從來沒見過你爸，只看過報導上的照片而已。不過呢，我想我媽是因為父母自殺，一個人很不安寂寞，對象是誰她都無所謂吧。」

迫間順平一臉痴呆地聽著我說話。面對一個不知道在想什麼的人還真棘手。

「後來，我媽懷了你爸的孩子。但是沒過多久，你爸開始對我媽動粗，所以她就逃跑了。不光是擔心肚子裡的孩子，會動手動腳的男人也不是什麼好東西。」

田子庸平想方設法要找到逃跑的母親。

然後，他從其他人口中得知，她在「佛蘭崔絲卡」這間酒吧上班。

「所以你爸就帶著一把散彈槍闖進酒吧，想把我媽和她肚子裡的孩子帶回去。」

但他鐵定從來沒有想過，帶回去以後下一步要怎麼做吧。就只是想這麼做，所以付諸實行而已。那種自己的東西不再屬於自己時的壓倒性不快感，我也深深體會過。

「可是，我媽沒有答應。」

所以，田子庸平扣下了散彈槍的扳機。

我猜扣下扳機的時候，田子庸平大氣也沒喘一下，更沒流半滴汗，心臟也只是緩慢地跳動著吧。

「再後來，他就被警察抓走了。」

我說完後，迫間順平出神發呆了整整一分鐘。

「這些事──」

他把手放到脖子旁邊，皺起眉頭，露出了一點也看不出來接下來打算殺人的為難表情。

「你是聽誰說的？」

「祕密。」

祕密嗎……他低聲嘟噥，搖了搖頭。知道我們是親兄弟以後，他甚至沒有露出驚訝的表情，這讓我有不祥的預感。

「可是啊……」

預感命中了。

「所以這又怎樣？就算我和你是親兄弟，但你殺了我爸是事實，這點還是不會改變吧？」

迫間順平說得好像對此完全沒有感受到疑惑。不，他是真的沒有任何疑惑吧。假設我的腦袋裡有螺絲鬆脫了，那迫間順平大腦裡的螺絲，大概也在同樣的地方鬆脫了。我明知田子庸平是自己的生父，但在殺了他的時候，也什麼感覺都沒有。

「不過，有件事我現在終於明白了。」

「什麼事？」

「我在青光園認識你以後，成天都和你混在一起吧？會一起聊汽車和摩托車，三更半夜還溜出去抱山羊，這些事一直讓我覺得很神奇。因為我本來討厭跟別人結伴在一起，那時候卻不怎麼厭惡。如今回想起來，是因為我們有血緣關係吧。雖然五官和體格完全不一樣，但可能是氣味之類的……我也不清楚，總之就是有哪裡很相像吧。」

「這樣啊……所以我們才成了好朋友。」

我夾帶著嘆息，用充滿懷念的溫柔語氣說。用這樣的語氣暗示著，迫間順平在這時突然領悟的事實，對兩人來說都有著重大的意義。

然而，他的回答教我感到意外。

「我們不是好朋友。」

他慢吞吞地搓著自己臉頰說。

「我只是讓人以為我和你是好朋友而已。跟你打屁聊天，半夜一起偷溜出去，讓你中意我。因為啊，你在園裡算是危險人物，大家都避著你吧？就像是個燙手山芋。如果跟你這樣的人成為好朋友，大家就會對我另眼相看，覺得我是個熱心助人的好人。」

是喔，原來是熱心助人。

「這就是你和我混在一起的理由？」

「對，而且我也覺得自己做得很成功。因為大家都很依賴我，老師們對我也很疼愛，在那裡的生活過得還不錯。」

「很高興能幫上忙。」

「不過說到底，這也只限在青光園的時候。離開那裡以後就沒用了。而且離開以後，我也馬上就忘了。」

「忘了什麼？」

「忘了你。」

也就是對自己沒用的東西，連想都不會想起來。

「我現在上班的公司裡頭，有個笨到不行的傢伙。比我還要笨上好幾倍。我啊，經常和他走在一起，處處幫忙關照他。多虧了他，我在公司裡面的風評很好。大家都說我是個好人。前輩也因為這樣，偶爾會幫我推銷，所以業績很不錯。雖然不算是大企業，但是因為業績好，可以多領點薪水，再過不久應該就能自己買一輛車了。今天用的還是公司給的車。」

「想不到你很聰明嘛。」

我老實說出內心的想法後，迫間順平聽了，四四方方的下巴都擠出肉來，露出害羞的笑容。

「是嗎？」

我呼吸不順地吸了一口氣，馬上接著又說：

「可是——」

一方面是為了爭取時間，一方面也是單純感到好奇，想要知道答案。

「前陣子，你突然打來說要見面，還在家庭餐廳裡面告訴我，自己父親殺死的人就是坂木逸美，連週刊雜誌的剪報都準備好了。這麼做是為什麼？」

「為什麼嗎……」

迫間順平望著半空沉思了好一會兒。然後，他嘀咕說著「是為了報仇吧」，點了一下頭後，又低頭看我。

「嗯，是為了報仇。」

「報仇？」

「你還記得吧？那是我剛搬進青光園不久的事情，你害我受了很嚴重的燙傷。某次舉辦烤地瓜派對的時候，你夾出火堆裡的地瓜，突然就往我臉上丟。那個時候，我就覺得你這傢伙腦袋有毛病，但同時也覺得，要是能夠假裝跟你處得很好，對我會有好處。所以，我才完全沒有還手，後來還成天跟你一起行動，只不過也因為這樣，害我根本沒辦法報仇。我一直在想，總有天要找機會報復你，但是這樣想著想著，結果最後都離開青光園了，我也徹底忘了這件事。再後來，開始在公司上班，跟出獄的老爸一起生活，從來也沒想起過烤地瓜那件事。可是，我爸告訴了我那個案子，所以我隔了好久才又想起你，突然不爽的感覺全都回來了。」

他說到這裡停下來，露出「這下你懂了吧？」的表情。

「所以？」

「所以，是報仇。」

迫間順平不耐煩地補充道。

「你很中意我吧？要是知道了我爸就是殺死你媽的凶手，一定會受到打擊。搞不好打擊還會大到讓你再也振作不起來。」

「喔……」

從結果來說，他的實驗也大獲成功。

不過話說回來，他的執著還真驚人，或者也可以說是貫徹始終。總之，是個難纏的傢伙。照這樣看來，想用大道理來阻止他殺了我是不可能的吧。這種時候果然只能盡量拖延時間。如果說了那件事情，他不殺我的可能性會大幅提升，但我還是想保密到最後一刻。

「不過，我實在是沒想到，你會因為這樣就殺了我爸。因為我認識的錠也，應該沒有瘋狂到那種地步才對啊。這就是所謂的人都會變吧。」

嗯，算啦。迫間順平這麼嘀咕說完，慢吞吞地站起來。他小聲悶哼著伸懶腰，低頭看向手錶。大概是沒想到已經過了這麼久時間，他的表情有些驚訝。他在嘴裡頭唸唸有詞，打開一旁運動背包的拉鍊。

「我今天特地去買了一樣東西。」

他往運動背包裡面翻找，突然變成炫耀的口吻。雖然不知道他要拿出什麼東西來，但我暗暗期待著，也許可以因為那樣東西再拖延點時間。

然而，我的期待很快落空。

「這把菜刀啊，就跟你殺了我爸的那把一模一樣。因為警察不肯把原來那把還給我，我就去同一間店買了一樣的菜刀。當初那把菜刀，是我開始一個人生活的時候去附近超市買的，外包裝上的番茄紅得很詭異，所以我記得很清楚。」

菜刀就裝在四方形的透明包裝裡。

一旦迫間順平從包裝裡取出菜刀，肯定會馬上刺進我的胸口吧。我真的已是無計可施，但就在這個時候，我發現被綁著的手腕下方，傳來了某種堅硬的觸感。是放在羽絨外套口袋裡的某樣東西。

啊——我都忘了。

「這上面的膠帶好像貼很久了。」

迫間順平蹲在地上，用笨拙的動作努力撕開包裝上的玻璃紙膠帶。

「我想也是，菜刀平常應該很少人買吧。那把大概放在店裡很久了。」

我邊說邊試著在右手上使力。不知道是因為被綁得太緊，還是頭部被毆打過的關係，手幾乎沒有知覺，但手指還是微微動了動。

「嗯，畢竟菜刀沒有保存期限嘛。」

我把沒有感覺的右手塞進外套口袋，食指與中指的指尖似乎是抓到了那樣東西。我聳起肩膀拉扯手臂，夾在兩指之間，手機探出了一小截來。

「那把菜刀在超市裡面，是掛在架子上販售的吧？說不定這就是你當初買的那把菜刀的後面那一把，一直到今天都沒被人買走。這種事搞不好有可能喔。」

迫間順平還在與膠帶奮鬥。

「嗯，可能吧。」

我打開智慧型手機的開關。開機花了十秒鐘左右，這段期間迫間順平已經撕掉了膠帶。不過，菜刀還封在刀鞘裡，兩條銀色絨毛鐵絲把菜刀握柄和刀鞘前端固定在厚紙板上。但只要解開握柄那邊的鐵絲，刀鞘那邊的似乎就沒有必要再解開。我轉動眼珠，看向肚子的方向。手機螢幕上顯示著要輸入密碼的待機畫面。我輸入自己的生日解鎖，點開通話紀錄，第一則顯示著「間戶村先生手機」。就是要離開光里姊家的時候，打來的那一通吧。我用手指點下那則紀錄，再把手機塞回口袋裡，「咳咳」地假咳幾聲，好蓋過隱隱透出來的撥號聲。

「……你沒事吧？」

迫間順平半張著嘴看向我這邊。一般人聽到對方這樣說，大概會以為他是不是打消了要殺自己的念頭。但是，並不是這樣。和自己接下來要做的事情毫無關係，就只是看到對方身體好像不舒服，才開口問問而已，就和我之前回到光里姊家時關心她的臉色一樣。

「嗯，沒事。」

間戶村先生應該會接電話，然後這台手機就會進入通話中。為了不讓對方接起電話時的聲音傳出來，我再度故意假裝嗆到，而且嗆得比剛才還要久。迫間順平板著一樣的表情看我，但這次什麼也沒說。就在這時，口袋裡頭傳出了細微的聲響。似乎是電話接通了。

「但話說回來，居然會在這種地方被殺，結束掉一生，真是有些出乎我的意料。」

我開始和迫間順平聊起來。

「這裡到底是什麼地方？」

「是我公司的修車廠。今天運氣很好，工廠剛好休息。」

「修車廠嗎？叫什麼名字？」

迫間順平皺眉看我。

用一雙乾巴巴毫無水分的眼睛。

「……幹嘛問這個？」

「沒什麼，單純只是好奇。因為這裡看起來很大，我在想搞不好是我曾經聽過的工廠。」

「喔……只是公司名加幾個英文而已。」

他回答了工廠的全名後，等著我的反應，似乎想確認我有沒有聽過。但我當然從來沒聽說過，更何況這裡雖然算大，但地板上到處散落著垃圾、螺絲和髒毛巾，絕對不是什麼有名的工廠。

「我果然有聽過。在這一帶很有名吧？」

「天曉得，因為埼玉縣的修車廠多到數不清。」

迫間順平拆掉了固定住菜刀握柄的絨毛鐵絲，然後抓住握柄，讓剛買來的菜刀從刀鞘中滑出。

他看著只剩刀鞘還固定在上頭的厚紙板，猶豫了一瞬後，隨手丟開。必須再爭取更多時間。不過，手機該怎麼辦呢？萬一被迫間順平發現手機正在通話中，他肯定二話不說就當場殺了我。雖說只要放在羽絨外套的口袋裡，應該就不會被發現，但也不知道間戶村先生什麼時候會在電話另一頭突然開口說話，結果反被迫間順平聽見。在迫間順平要轉過臉來的前一秒，我按下結束通話鍵，把右手從口袋裡抽出來。

迫間順平一步步朝我走來。

他的動作自然得彷彿只是出門前要關扇窗戶，右手上的菜刀反而顯得怪異。

「殺了我之後，屍體你打算怎麼辦？這部分也想好了嗎？」

「這幾天是連假，我明天再想。公司說過，放假的時候我們也能用公務車。」

迫間順平反手握住菜刀，帶著思索的表情，低頭打量我的胸口。

沒辦法了。

「對了，我想確認一件事。」

看樣子只能說出這件事了。

「你是因為坂木錠也殺了你爸，打算以牙還牙，要用同樣的方法向坂木錠也報仇吧？」

迫間順平兩手垂在身側，蠢兮兮地站著，挑眉代替反問。

「你現在想殺的人，是一起在青光園長大，之前才在家庭餐廳久別重逢的坂木錠也吧？」

「我剛才不就說過了嗎？」

「只是確認一下而已。因為要是殺錯了人，那樣不好吧？」

「是不好。」

「那就好。」

迫間順平歪過頭，露出了觀察我表情變化的眼神。

「為何？」

「因為我不是坂木錠也。」

我躺在地上告訴他。

「我跟你今天是初次見面。」

（四）

我背靠著病房滑門，屏氣斂息。房內傳來了間戶村先生與另一個人的聲音。

把摩托車丟在人行道上後，我向著醫院的大門口直奔，但那個戴著帽子和口罩，身材高大的男人早已經不見蹤影。不過，當我穿過大門口要進入醫院的占地時，在沐浴著夕陽餘暉的入口玻璃門內發現了他的背影。腋下夾著安全帽的我急忙跑進大廳，只見男人在櫃檯前彎著瘦長的身軀，與櫃檯人員交談。儘管口罩遮住了下半張臉，但他的側臉給人非常和藹可親的感覺，應對的女櫃檯人員也跟著露出笑容。

很快地男人向櫃檯人員行禮，走向電梯廳。我在一段距離外觀察著他的一舉一動。男人走進電梯後，我立刻衝到關上的電梯門前，確認指示燈停在了幾樓。電梯在間戶村先生所在的三樓停下。我立即從樓梯衝上去。三樓的牆壁貼有平面圖，在呈H字形的走廊兩側是一間間的病房。我一面在走廊上奔跑，一面確認房門上的號碼，在位於H右上角的病房找到了間戶村先生的名字。正要伸手拉開滑門的時候，裡頭傳來了交談聲。

是在電視上經常聽到的，低沉而富有磁性的嗓音。

無庸置疑來自政田宏明。

我側耳傾聽。雖然聽不清楚對話內容，但從話聲的抑揚頓挫來判斷，政田好像從剛才開始就想問出什麼事情。但間戶村先生無法好好回答，講話吞吞吐吐。

政田多半是想問出我的下落吧——坂木錠也究竟在哪裡？拍到我走進樫井亞彌公寓的人，要去哪裡才能逮到他？

兩人的交談聲停下。

我把耳朵緊貼在門縫邊。

病房內傳來電話的震動聲。並不是從口袋裡傳出的那種微弱震動聲，我猜應該是放在堅硬桌面上的手機在震動。是間戶村先生的智慧型手機嗎？我把所有注意力都集中在耳朵上。這時一名身穿睡衣，正要走進隔壁病房的老爺爺停下腳步看著我。房內的電話震動聲還在持續。政田簡短說了些什麼，好像在說引擎怎麼樣之類的。臉頰凹陷的老爺爺還是站在走廊上，對我感到好奇。震動聲停下來了。然後是不清楚的說話聲。不是間戶村先生也不是政田——是我認得的聲音。原來政田剛才說的不是引擎，而是擴音器。他大概是要求間戶村先生以擴音模式接起這通電話吧。穿著睡衣的老爺爺很刻意地歪過頭，走進自己的病房。經由擴音器傳出的話聲不斷從房內傳來，但內容聽不清楚。而且話聲不只一道，是兩道。其中一個是烏龍的聲音。為什麼那兩個人會在一起？為什麼會打電話給間戶村先生？

擴音器傳出的聲音忽然中斷。

政田耳語似地說了些什麼，間戶村先生用怯生生的語調回答。緊接著，腳步聲從門內往這邊欺近。政田要離開病房了。我立刻離開原地，打開剛才那個老爺爺進去的病房滑門，迅速鑽進房內。老爺爺維持著掀開被子，一隻膝蓋跨到床上的姿勢回過頭來，嚇得僵直不動。

「我馬上就離開。」

我關上身後的滑門。

「請讓我在這裡待一下子就好。」

老爺爺半張著嘴巴，輕輕點了個頭。

走廊上的腳步聲越來越近——越來越近——然後遠去消失。

我正如自己說過的，立刻離開老爺爺的病房，走廊上已經不見政田的蹤影。

回到隔壁的病房門前，打開滑門。間戶村先生躺在床上，右手抓著臉，聽到開門聲後抬起頭，和剛才的老爺爺一樣全身僵住。

「咦？錠也……」

他的雙眼瞪得老大，表情在短短幾秒之間千變萬化。但是最終，間戶村先生像是明白了一切似的，整個人突然放鬆下來。右手無力地落在棉被上，床頭邊單眼相機的黑色背帶從邊緣往下垂落。

「嗚哇……連我都被你騙了。」

什麼意思？

「錠也，怎麼回事啊？你是因為知道政田到這裡來了，所以才在醫院裡頭打了那通電話嗎？為了把政田騙出去？那另一個人是誰啊？」

我完全不知道是怎麼回事。

「啊，你先把門關起來。那傢伙搞不好又會跑回來。」

我反手關上滑門，走向病床。間戶村先生的傷勢一如我想像的慘不忍睹。右腳膝蓋以下全打著石膏，睡衣只扣了上面和下面的鈕扣，底下可以看到厚厚的護腰帶，我猜是肋骨骨折了吧。臉上共有四個地方包著紗布，而且都滲著血絲，用透氣膠帶加以固定，但其餘沒包著紗布的地方也不是完好無傷。他的下嘴唇幾乎覆滿瘡痂，右邊眼白可能是血管破裂，像被人抹上顏料般一片通紅，左上眼皮則像畫了舞台妝一樣呈青紫色。床邊立有兩根木製拐杖，但就算拄了拐杖，現在的他只怕也走不了多遠。

「……那傢伙根本不是人。」

察覺到我的視線後，間戶村先生苦笑著說。

「他在打我的時候，簡直像在砸東西一樣往死裡打。」

「政田來這裡做什麼？現在又跑去哪裡了？」

「你怎麼還問我……我猜他去了你引去的地方喔。」

我引去的地方——

「那裡設了什麼圈套嗎？該不會是警察正在那裡埋伏吧？還是說，你剛才說的修車廠只是隨口瞎掰的？」

「還請你為我說明。電話是從我的手機打來的吧？」

「對啊，所以政田才叫我用擴音模式接。因為他看到了螢幕上顯示著錠也你的名字。」

「那我說了什麼？」

間戶村先生愣愣張著嘴巴，好像他聽到的是外國語言。

「不就是你說……總之一開始，你說了有人要殺你吧？然後誘導那個扮演歹徒的人，說出了位在埼玉縣的工廠名稱……」

「是『汽車唐吉』的工廠嗎？」

我試著說了烏龍所屬的中古車販售連鎖店。

「對，就是『汽車唐吉』……呃，我記得好像是Repair Factory？」

至此，我總算明白到底發生了什麼事。

烏龍果然還是認為，是我殺了他父親吧。所以才帶走了我想要報仇，準備痛下殺手。

光里姊死了以後，我之所以會選擇到賓館街躲避警方耳目，就是因為想起了烏龍告訴過我的事情。記得和烏龍在家庭餐廳談話的時候，他說過自己的父親因為無處可去，有段時間曾住過池袋的便宜賓館。我猜烏龍也記得他把這件事告訴了我吧。所以他才跑到賓館街找我，然後發現了我。

「咦？這是怎麼回事？剛才那通電話是你打的吧？聲音和號碼都是你啊？」

「不對，那不是我——」

不管是被烏龍帶去工廠的人。

還是剛才打電話給間戶村先生的人。

「那不然是誰？」

還是殺了田子庸平和光里姊的人。

「我以後再向你說明。」

我轉身離開床邊，一個箭步衝出病房。身後傳來了間戶村先生的呼喊。

我會騎著摩托車一路直奔醫院，是因為我覺得，大概只剩現在這個機會能見到間戶村先生了。雖然出現在街頭有可能會被警察發現，但我還是想和間戶村先生見一面。因為我已經走投無路了——連光里姊也被殺，我已經無路可走了。也因為我感到害怕，打從心底的害怕，很想向某個人一五一十地坦白一切。然而，結果我還是什麼也沒有說明就要離開醫院。跑過走廊，奔下樓梯，穿過玻璃門踏到屋外，投身進冷風中。我想，我大概再也不會見到間戶村先生了。一切都將被徹底摧毀。另一個我會摧毀掉所有一切，把我逼進再也無法回頭的境地。誰也看不見那傢伙。如同光里姊說明過的假性忽視，明明看得見，卻也看不見。

我穿過大門口，在人行道上奔跑，趕往摩托車放置的地方。一個身穿白袍的中年男子站在倒地的摩托車旁邊，手上提著塑膠袋，朝著我這邊輕輕抬手，我還以為是在向我打招呼。但是，一輛警車正好在這時候從右手邊駛過。白袍男子一臉了然地向警車點頭致意。搞不好他是向警察檢舉了倒在人行道上的摩托車。我立刻戴上夾在腋下的安全帽，以最快速度狂奔。白袍男子同時張開了眼睛和嘴巴，嚇得往後倒退。警車停下後，一名穿著制服的警察從副駕駛座走出來。我拉起摩托車的把手，一立起車身後就跨上座墊，發動引擎。起腳跑來的警察大聲說了些什麼，但被摩托車的引擎聲徹底蓋過。我踩下低速檔，轉動油門。才剛駛上人行道，掛在車上的備用安全帽就撞上了行道樹，車身一陣搖晃。我踢了下地面恢復平衡後，打到二檔，更是轉動油門，在人行道上直線前進，從護欄間的空隙衝進車道，在單行道上逆行。一輛廂形車從正前方朝我逼近。我驚險地貼著廂形車從旁鑽過，下一秒，背後響起了尖叫般刺耳的警笛聲。

『你是錠也吧？』

那天晚上。

和烏龍在家庭餐廳談過話的那天晚上。

在住處附近的公園，我見到了另一個我。在廁所裡頭吞下了好幾顆阿米替林後，抬起頭時，眼前的鏡子裡出現了那雙眼睛。雖然和我至今在鏡中見過無數次的眼睛非常相似，卻又有著明顯的不同。在任何人臉上都未曾見過的，冰霜一般的雙眼。

『我去過公寓，但你不在。』

時值寒冬，鏡子裡的另一個我卻沒穿外套，一身連帽上衣和牛仔褲。連帽上衣是藍色的，在天花板日光燈的照亮下輪廓很清晰。我隔著鏡子看著他，依然無法動彈，連聲音都發不出來。

『所以，我一直在這座公園等你。』

這傢伙是誰？

『因為在這裡，能看到你房間的窗戶。』

為什麼長得和我一模一樣？

我甚至無法別開視線。這時，鏡中的那張臉微微一笑，睜大結冰般的雙眼，朝我的後背靠近一步。當下我有種體溫瞬間被奪走的錯覺。

『我們果然很像。』

這傢伙是誰？是誰？是誰？在胸口來回盤旋的這個疑問最終從我的喉嚨湧到嘴巴，吐出沙啞的話聲。

對方的表情絲毫不動，回答了我的問題。

『我們是同時出生的喔。』

然後他把手伸進牛仔褲口袋裡，拿出了某樣東西。

『錠也，這樣東西你也有嗎？』

他從口袋裡拿出的，是一把老舊的銅製鑰匙。圓柱狀的鑰匙前端有著凹凹凸凸的刻槽，橫看有如積木搭成的城堡。

『聽說是希望在自己死後，能讓兩個孩子分別帶一把在身上。』

十九年前，與剛出生的我一同被送到育嬰院的鑰匙。

『而這麼希望的人，就是我們的母親。』

## （五）

「……你再說一次？」

迫間順平握著菜刀的右手往下垂放，俯身盯著我的臉。

「也就是說，我和錠也是同時出生的。」

我的雙手雙腳依然遭到綑綁，橫倒在地板上。

「所以我們是雙胞胎，而我是哥哥。你聽過同卵雙胞胎嗎？」

迫間順平含糊地點點頭，一張大臉更是靠近我。

「那你是誰？」

「我叫鍵人，關鍵之人，鍵人。也是鍵盤的鍵。我和錠也兩個人，剛好一個是鎖，一個是鑰匙（註1），很酷吧？聽說我們還在肚子裡的時候，我媽就決定這樣取名了。」

雖然我也不知道是為什麼。

「也就是說，為了找到錠也，你在賓館街到處打轉，最後找到的人卻不是他。因為我不是錠也。被你痛打一頓，還被你綁到這裡來的我，並不是你痛恨的殺父仇人。」

「錠也居然有雙胞胎哥哥，你……但那傢伙，從沒說過這件事……」

「他從沒說過對吧？因為他根本不知道。就連我，也是不久前才知道這件事。」

告訴我真相的是那兩個人——也就是撫養我長大的父母。

原本這個時候，我們一家三口應該正在北海道旅行。爸爸早在很久以前就規劃好了這次的家族旅行。我大學正好放寒假，爸爸也請了很長的連假，媽媽也申請好不在的這段期間停止送報，還告知左鄰右舍我們有段時間都會不在家，一切都做好了萬全的準備。我們本來會出現在正值隆冬的北海道，看看北海道赤狐、邊賞雪邊驚嘆，或是吃著新鮮的生魚片和熱呼呼的火鍋。然而就在出發前一天，爸爸和媽媽把我叫到客廳，告訴了我真相。他們毫無預警地，開始向我坦誠一直隱瞞至今的事實。

不對，對他們來說並不算突然吧。據爸爸所言，他們本來就安排好了在出門旅行前要告訴我這件事。他們希望把關係到我人生的重要真相告訴我後，我能置身在北海道的大自然環境中，慢慢地消化這些事實。

但最終也因為這件事情，家族旅行泡湯了。

『你不是我們的親生兒子。』

爸爸一開口就這麼說。在我意會過來「親生兒子」是什麼意思時，爸爸已經開始說明，語氣像是早就有所準備。我只是目不轉睛地望著爸爸的嘴唇，聽他說話。他的嘴唇時張時合，偶爾也會停下來，但看起來好像一直都在上下左右晃動。

聽說兩人婚後剛過十年左右，發現了媽媽的身體有問題，醫生宣告兩人將無法懷上孩子。但是，爸爸和媽媽無論如何還是想要有個小孩，所以為了收養孩童，他們跑遍了大大小小的育幼院進行諮詢。最後，他們來到了埼玉縣才剛成立不久，名為青光園的育幼院。

爸爸和媽媽在那裡遇見了一對雙胞胎男孩。

註1：日文中「錠」有鎖的意思，「鍵」則有鑰匙的意思。

『當時青光園收容的孩子，還只有你們這對雙胞胎而已。甚至也沒有其他職員，只有磯垣先生一個人擔任園長，獨力經營。』

雙胞胎當時兩歲半。

爸爸和媽媽從園長口中得知了雙胞胎進入青光園的原委。一切的開端，是埼玉縣郊外有間酒吧發生了歹徒手持散彈槍的槍擊案，中槍的女性當時懷有一對雙胞胎，臨死前在醫院產下孩子後，雙胞胎隨即被送往了育嬰院。兩年又數個月過去後，與被害女性曾是舊識的磯垣園長成立了青光園，並在同時收容了雙胞胎。

關於那起槍擊案，爸爸和媽媽說他們都看過新聞，所以留有一點印象。但也因為報導從未提及中槍的女性在過世前曾產下雙胞胎，所以他們都不知道這件事。

『那個時候，他們也問了磯垣園長有關孩子父親的事情。例如他現在在哪裡，又在做什麼工作。』

遲疑了很長一段時間後，園長終於向爸爸和媽媽吐露。

而兩人同樣是在客廳裡，把園長所說的話告訴了我。

## （六）

那天晚上，我把出現在公園廁所的鍵人帶回公寓。

一開始我還驚惶失神，連講話也語無倫次。但很神奇的是，一面說話一面看著和自己一模一樣的臉孔，聽著和自己一模一樣的聲音，我的心情漸漸平靜下來。

沒錯，我的心情平靜了下來。能夠見到失散多年的哥哥，這份喜悅逐漸滲透全身，一種難以言喻的安心感在心底擴散開來。

因為那時候的我還完全不知道，自己的哥哥是什麼樣的人。

我從鍵人口中聽說了一切。原來十九年前，母親不只生下了我，而是生下了一對雙胞胎男孩。青光園最初收容的孩子，也不是只有我一個人。

不只如此。

『當年拿著散彈槍開槍的田子庸平，其實就是我們的父親。』

聽說磯垣園長是這樣向扶養鍵人長大的那對夫妻說明。

『好像是我們的媽媽在醫院去世之前，只把這件事情告訴了園長。其實在酒吧裡發生的爭執，根本就不是搶案。原本工作的那間日式料理餐館倒了以後，媽媽走投無路，就是在那時候認識了田子庸平——』

而後懷了雙胞胎。

但是，田子庸平開始以拳腳相向以後，母親感受到了生命危險，便從他身邊逃離。之後母親開始在酒吧「佛蘭崔絲卡」工作，卻還是被田子庸平找到了。

『田子庸平拿著散彈槍闖進店裡，想把媽媽和肚子裡的我們帶回去。』

然而，母親並不答應。

『所以，田子庸平就朝媽媽開了槍。』

那一天，我剛知道田子庸平是烏龍的父親。光這樣就已經對我造成了巨大的衝擊，又知道了田子庸平其實也是自己的父親。不對，應該說也是「我們的父親」。

『田子庸平這個人有點不正常。』

鍵人用冰霜般的雙眼仰望著房間天花板，語氣就好像在談論著與自己完全無關的八卦，嘴角自始至終噙著笑容。

『明明都已經有老婆了，居然還讓其他女人懷孕，對方逃跑後還追上去，不順自己的意就開槍，腦筋絕對有問題。』

因為一下子知道了太多事實，我再一次連話都說不出來。但是，我還是極力讓自己保持冷靜。如果不這麼做，我怕自己會失去理智。聽完以後，我有兩件事感到好奇。一件就是磯垣園長為什麼不告訴我，我的父親就是田子庸平？另一件就是為什麼要拆散我們雙胞胎兄弟，而且直到今天都不知道對方的存在？

我勉強動起僵硬的下巴，好不容易擠出自己的疑惑。

在鍵人的說明下，我才知道這兩個問題其實有著一樣的答案。

（十）

爸爸坐在客廳裡，邊觀察著我的臉色邊接著說下去。

『聽完磯垣園長說的身世，爸爸和媽媽都打從心底希望能夠幫助你們。發生了這樣的悲劇，被害人又留下了兩個這麼可憐的孩子，我們很希望可以盡一己之力，所以……』

產生了想收養我們的念頭。

不，不對。

正確地說，是想收養我們其中一個人。

『當然，其實我們很想兩個都收養。可是，就算想要兩個都帶回來，爸爸我們卻完全沒有育兒的經驗，實在沒有信心可以做得很好。』

煩惱再三後，爸爸和媽媽找了磯垣園長商量，詢問他能不能只照顧雙胞胎兄弟的其中一人，也就是鍵人或錠也。園長聽了這個提議後，沒有馬上回答，幾天後才致電回覆，三人再次聚在一起討論。歷經了幾次的商議後，園長終於同意，把雙胞胎的其中一人交由他們寄養。

『園長把孩子能在家庭中長大，放在了第一順位。他說如果堅持一定要同時收養雙胞胎，說不定再怎麼等也等不到願意收養的家庭，最終兩個孩子只能一直留在育幼院裡生活。』

但是，我認為事實上也許還有其他理由。

搞不好不管是哪一個，磯垣園長都不想讓我們離開。因為他好不容易才實現了長年來的夢想，成立了育幼院，應該不希望一下子就沒有半個孩童吧。而且我們的母親和園長又是在同一所育幼院長大，原本就是基於這一層關係，我們兩人才成為最初進入青光園的院生。說不定是園長產生了自私的想法，不想送走可憐兒時玩伴留下來的孩子，希望能自己再撫養一段時間。

『關於要照顧你們之間的哪一個人，爸爸和媽媽找了園長商量。而那個時候……在青光園和園長商量的時候，錠也剛好感冒，還演變成輕微的肺炎，正在吃藥接受治療。』

所以，爸爸和媽媽才選擇了我。

「就像挑小狗一樣？」

我這麼說完，爸爸與媽媽的眼睛同時睜大。

他們臉上的表情像是聽到了什麼難以置信的話。但是，明明他們正在講的事情更讓人難以置信。不過，我能理解兩人的驚訝。因為我從小到大都乖巧聽話，對他們百依百順，在校成績也一直是名列前茅，甚至應屆考上最難考的大學，無論對誰都能拿出來誇口炫耀，而這樣的我，還是頭一次說出這種話。

「抱歉，請繼續。」

我彎起嘴角，請他們接著說。

但是，我早在那個時候就察覺到了。自己的身體裡，正開始出現無法回復的變化。

不對，並不是變化。聽完光里姊與錠也的對話後，如今我明白了。那天晚上，坐在客廳沙發上聽著爸爸所說真相的我，終於成為了真正的我。

『爸爸和媽媽先以寄養的方式，把你帶回來照顧，開始一起生活。那時候還沒蓋好這棟房子，我們一家人是住在公寓裡頭。我記得一直住到了你年紀滿大的時候，所以你應該對那棟公寓還有印象吧？』

「嗯，我還記得。也看過照片。」

全家福相簿裡有很多照片。照片上的我常常不是被玩具包圍，就是把手伸進昆蟲籠裡笑得非常開心，一旁總有看著我露出笑容的爸爸或媽媽。

『把你帶回來一起生活，照顧了一段時間後，我們在育兒上似乎做得還不錯。所以，爸爸和媽媽又去找了磯垣園長商量。』

商量過後，決定正式收養我為養子。

於是我從坂木鍵人，變成了貴島鍵人。

『決定收養你為養子的時候，青光園的園長把某樣東西托給我們保管。』

爸爸說完，往桌面放了那把鑰匙。雖然直到現在，我還是不知道它的用途。

『聽說是你們的親生母親在醫院過世之前，曾說過萬一自己死了，希望能讓出世的孩子一人帶著一把鑰匙。』

# （八）

我有兩個疑問。

磯垣園長為什麼不肯告訴我，我的父親就是田子庸平？為什麼我和鍵人一直到十九歲都不知道彼此的存在？

『聽說是收養我的時候，我爸爸和媽媽拜託園長保密。』

鍵人所說的話，告訴了我答案。

『他們請園長在兩邊的孩子長大之前，都別把父親的事情告訴錠也你，也別說出你其實有雙胞胎兄弟。因為他們自己也打算瞞到我長大。』

園長答應了他們。

『我爸媽好像是和園長說好，總有天會向我坦誠一切，到時候也會馬上聯絡園長。然後，園長再把真相告訴你。』

一年又九個月前，在我即將要離開青光園，拿著膠帶在停車場裡貼補摩托車座墊的時候，園長曾特意過來叫住我。當時，園長告訴了我母親的事情。我因此知道了母親和園長是在同一所育幼院長大，還有母親是中槍身亡。會不會在那個時候，園長其實很想對即將離開青光園的我，說出所有真相？包括我的親生父親是誰，還有我其實是雙胞胎。但是，因為他已經答應過貴島夫婦，所以不能食言。

「為什麼？」

我忍不住脫口而出。

「如果只是因為我們的爸爸殺了自己的媽媽，這個理由我還能理解。我也能明白為什麼要等我和鍵人長大才告訴我們。可是，為什麼連我們是雙胞胎這件事也要隱瞞？」

『這嘛，誰知道呢。』

與我相對而坐的鍵人偏過頭，目光投向什麼也沒有的牆角，一句話也沒有再說。他無神睜著的雙眼遠比之前還要冷冽，感覺好像有冷意從他眼裡流瀉出來，沿著地板透進我的身體。那個時候，鍵人到底在想些什麼？直到現在我還是不曉得。但是，鍵人用結凍般的雙眼注視著空無一物的牆角時，那是第一次也是最後一次，我在他眼底瞥見了類似情感流動的微光。

（六）

『為什麼？』

我也對爸爸問了和錠也一模一樣的問題。

為什麼要拜託園長，別告訴我們彼此還有雙胞胎兄弟？

如今回想起來，當時爸爸給予的答案，大概就是一切的開端。讓事態演變到了這一步的開端。

聽見我這麼問，爸爸表現出了露骨的心慌。為了掩飾，他刻意用比平常還要鎮定的語氣回話。臉上的表情像極了一張橡膠面具，臉頰與兩邊嘴角醜陋地扭曲起來。

『因為關於你是養子這件事，我們本來就打算等你長大後再說。』

告訴我雙胞胎兄弟的存在，確實等於向我宣告，我其實是收養來的孩子。

『而且如果知道了自己還有一個骨肉至親，我們是擔心鍵人……擔心你……會不會比起爸爸媽媽，更在乎那個親人。當然現在我也知道，我們這樣做是太自私了，也很對不起你。可是，爸爸媽媽想和你成為真正的一家人。所以才不想讓你知道自己是養子，在這世上還有其他親人。』

聽著這些話的同時，我陷入沉思。說不定早在一開始，他們會決定只照顧雙胞胎的其中一個人，根本不是因為沒有信心可以同時撫養兩人，而是害怕屆時要面對兄弟間比親子更強烈的羈絆——也就是比起靠文件建立起來的親子關係，終究是血濃於水的兄弟情感更緊密。

他們這麼做，究竟和田子庸平的行為有哪裡不一樣？

那個男人拿著散彈槍闖進酒吧裡，奪走了我們的母親。另一方面，爸爸、媽媽和青光園的園長對我們說了謊，拆散了我們雙胞胎兄弟。

聽完爸爸的回答，我不發一言。為了北海道旅行所準備的行李已經放在牆邊，準備明天一早帶出門，而我們三人坐在客廳裡，陷入長長的靜默。爸爸垂著眼皮，盯著坐在他對面的我的大腿一帶；媽媽不停捏著雙手，彷彿在揉捏某種無形的東西。

「我要睡了。」

我從沙發站起來，爸爸和媽媽都僵硬地點點頭。

背部可以感覺到他們的視線，隨著我走上二樓。

隔天一大早，我打電話到北海道的飯店取消訂房。然後走出家門，去見分離至今的雙胞胎弟弟坂木錠也。身上只帶了家裡留有的現金、錢包、智慧型手機，還有那把小小的鑰匙。我甚至忘了穿上外套就走出玄關，但不知為何，一點也不覺得冷。

第一個目的地是青光園。

貴島家收養我後，不曉得錠也是否也找到了收養他的家庭。反正院生基本上只能在育幼院待到十八歲，所以我早就知道錠也已經不在青光園了。之所以去青光園，是為了打聽錠也的現在住址。

靠著手機的導航功能，花了兩個小時左右從住家抵達青光園。

「哎呀，錠也？」

在我穿越庭院，要往建築物走去的時候，忽然有人叫住了我。

一個穿著圍裙的中年女子對我露出微笑。事後見到錠也，聽他描述了在青光園的生活點滴以後，我才知道她就是戶越老師。

對方似乎誤認為我就是錠也，我試著停下來，對她微笑。

「您好。」

「你好啊。」

就算從正面看著我，她好像也完全沒有起疑。

「自從你離院後就再也沒見過面了吧，好懷念啊。」

聽到「離院」，表示錠也沒有被人收養，一直在這所青光園生活吧。

弟弟究竟在這裡過著什麼樣的生活呢？一樣從小到大都是個乖孩子嗎？書也唸得很好嗎？不過，就算再怎麼會讀書，畢竟是在育幼院長大，就不可能和我一樣去升學補習班上課，還能就讀私立的小學和國高中吧，肯定更從來沒想過自己能唸大學。參觀教學那天他哭了嗎？和學校朋友聊到暑假要怎麼過的時候，是否逞強扯了謊話？想像著這些事情，就好像在想像另一個自己的人生，感覺相當有趣。

「錠也，你最近都還好嗎？」

「嗯，還不錯。」

說不定將錯就錯，直接假扮成錠也，就能輕輕鬆鬆地查到他現在的住址。既然錠也本人都不知道他有雙胞胎哥哥，園長很可能也沒有向職員們透露這件事。要是雙胞胎的哥哥忽然現身，查問錠也的地址，只怕會造成恐慌。

考慮到這些事情，我決定確認我的地址。

「我過來是想確認一件事情。」

我立刻想到了可以怎麼做。

「今年正月，你們有寄賀年卡給我吧？」

「園長應該有寄吧。他說他都會寄給每個離院生。」

看來應該可以很順利。

「可是我去年收到的賀年卡，寄到隔壁鄰居的信箱裡去了。就是我家旁邊那棟公寓，卡片上面寫的也是那邊的地址。我猜可能是抄寫或留資料的時候寫錯了。今年又到了要寫賀年卡的時期，我才想到要過來確認一下。」

「哎呀，那得馬上確認才行呢。」

我還以為這麼輕易就成功了，然而——

「你等一下，我叫園長過來。」

這可不妙。

「園長——！」

戶越老師扯開喉嚨呼喊，園舍內有個戴眼鏡的男人在窗邊轉過頭來。一看見我，他「啊」地張嘴，立即走出園舍到庭院來。

「錠也，你怎麼來了？」

和戶越老師一樣，園長似乎也沒有任何懷疑。大概是因為距離上一次見到錠也已經隔了很長一段時間，也沒想到十七年前被人收養的雙胞胎哥哥會突然出現，而最主要的原因是，我和錠也真的長得很像吧。

不，事後細想起來，我們兩人比起五官，好像是眼神更相似。在公園的廁所裡，第一眼見到錠也的時候，鏡中錠也的雙眼冷得像冰一樣，我為此嚇了一跳，但很快就發現自己映在旁邊的雙眼也和他如出一轍，更是感到吃驚。我們兩個人都不正常。如果真要比較的話，錠也可能還比我正常一點。

「好久不見了。」

我沒有無謂閒聊，直接對園長重複了剛才賀年卡的事。

「寄到隔壁公寓去了嗎？這應該不可能啊……好吧，你等我一下。」

園長轉身走進園舍，拿了只印有一行地址的A4紙張回來。大概是從通訊錄裡頭找出資料後，再列印到紙張上。我看著紙上的地址，歪過頭說「地址明明沒錯啊」，一邊暗自把地址背下來，趁著忘記前趕緊離開青光園。

轉乘了幾次電車後，抵達錠也的住處時已經入夜。

錠也似乎不在，於是我移動到附近的公園。坐在公園長椅上，仰望公寓房間的窗戶，耐著性子等他回來。不過，還沒看見房間亮起燈，一輛摩托車先停在了公園入口。

騎士摘下安全帽後，暴露在空氣中的臉孔與我驚人相似。我在黑暗中愣愣地望著那一張臉，對方則拖著雙腳緩慢移步，從我身旁經過後，走進公共廁所。

我從長椅起身，為了與弟弟重逢，向亮著燈光的廁所入口走去。

（十）

那是我生平第一次與自己的哥哥交談，後來更持續了一整夜。

我們告訴了對方在分開之後，彼此這十七年來過著怎樣的生活。

被貴島家收養後，鍵人一直是生活在與我截然不同的世界裡。就讀私立的知名小學、國中和高中，甚至考上了連我也聽過大名，全國最聰明的人都會去就讀的東京某國立大學。我們明明有著相同的臉孔、相同的體型、相同的遺傳因子，人生境遇卻有著天壤之別。

為什麼是鍵人？為什麼不是我？貴島夫婦要從青光園收養雙胞胎的其中一人時，只因為剛好我感冒惡化成了肺炎，兩人的人生便產生了如此劇烈的不同。

「可是，我覺得錠也比我更像正常人喔。」

當時鍵人曾笑著這麼說，而我還沒有真正理解他的意思。

坦白說出烏龍告訴我的事情時，已經是深夜三點過後。在那之前，我一直無法開口告訴鍵人，其實我有個一起在青光園生活過的朋友叫作迫間順平，他父親最近剛出獄，父子兩人現在住在一起；而他的父親，就是田子庸平。我才剛從鍵人口中得知，他也是我們的父親。

因為當烏龍告訴我，殺了我母親的人就是他的父親時，我幾乎快要無法克制住自己。我擔心鍵人也可能和我一樣。可是，烏龍在家庭餐廳告訴我那些事的時候，我還不知道田子庸平就是自己的父親。如今知道以後，內心對田子庸平的恨意與怒火好像稍微改變了形體，變得能夠加以掌控。所以，我才認為可以告訴鍵人。

「這是我今天才知道的事情。」

我給鍵人看了間戶村先生之前幫我找來的週刊雜誌剪報，一邊說了烏龍在大宮的家庭餐廳裡對我說的話。

「真諷刺。」

鍵人只回答了這麼一句話而已。

無論是聽我轉述的時候，還是我話都已經說完了，他的表情絲毫沒有改變。

在那個當下，我不得不重新體認到，自己與鍵人之間果然存有巨大的差異。田子庸平這個男人奪走了我本可能存在的另一個人生。這也是為什麼我對他感到憤怒，懷恨在心。但是，鍵人不一樣。他雖然也被奪走了另一個人生，同時卻也得到了新的父母與幸福又富裕的新人生。他內心對田子庸平產生的情感，肯定和我大不相同。我心裡這麼以為。自以為是地這麼認定。

自那天之後，我就和鍵人一起在公寓裡生活。我們兩人幾乎足不出戶，就算外出也是去附近，很快就會回來。鍵人因為沒帶外套，出門時都穿我舊的那件羽絨外套——袖口有破洞的那一件，不知不覺間也變成了他的東西。待在房裡的時候，我們會有一搭沒一搭地聊天、睡覺、看電視，也會把兩人持有的鑰匙擺在地板上進行觀察。兩把鑰匙的形狀一模一樣，我們依然誰也不曉得，這究竟能用來打開什麼東西。

「因為我和爸媽鬧得不太開心。」

關於鍵人為什麼都不回家，他是這樣向我說明。

其實我並不希望鍵人和他現在的父母和好。因為對我來說，這是第一次有機會能與家人相處。我希望能和鍵人再相處得久一點——不對，其實我是希望從今以後都能和他一起生活。雖然每當想起我們的人生境遇有多麼不同時，胸口就有種變成一片空白的感覺，但靠著吞服大量的阿米替林，我就能遺忘那種感覺。大概也是因為這種藥，本來就是用來治療憂鬱症的吧。只要持續服用就沒問題，而且說不定有朝一日，我會不再需要吃藥。我本來是這樣以為。

某天，鍵人上午離開公寓以後，遲遲沒有回來，打電話給他也不接。

我不禁感到不安，擔心鍵人會不會是突然回到了他父母身邊。我再也按捺不住地衝出公寓，騎著摩托車在大街小巷尋找，中途也曾好幾次折回公寓察看，又出外繼續找尋，但是都沒有找到人。

到了傍晚，鍵人若無其事地回來了。

「我去找田子庸平了。」

他邊說邊脫下我給他的羽絨外套。

「我假裝成是你去了青光園，請戶越老師告訴我迫間順平的地址。戶越老師雖然笑著對我說『你又回來玩了啊』，但是走近一看，她的臉僵得跟人偶沒兩樣，真有趣。」

「你為什麼要去找田子庸平……」

鍵人彷彿沒聽見我的問題，自顧自說下去。

「在去青光園之前，我先用你的手機打了電話給迫間順平，想要直接問他地址，但他好像有點警戒，不肯告訴我，所以我只好搭電車，跑一趟青光園。錠也，你手機的密碼是生日吧？我只是試著輸入自己的生日，結果密碼鎖居然就解除了，害我笑出來。」

鍵人真的笑了起來，我站到他的正前方。

「你去找田子庸平……做什麼？」

「去殺了他。」

鍵人回答得好像只是在街上看到什麼微不足道的小事。

「為什麼——」

明知道他是自己的親生父親。

「什麼為什麼？」

「為什麼你要這麼做……」

對鍵人心生的恐懼，就在聽到他回答的那一刻，在我心底深深扎根。但是也在同個瞬間，除了恐懼之外，我也對鍵人油然產生了強烈的一體感。

「因為他奪走了我本來可能存在的另一個人生。」

他的回答，和長時間來一直從我胸口傳來的低喃毫無二致。自從在離開青光園前，從園長口中聽到了那起案子以後，同樣的話語始終在我心底縈繞不去。

隔天早上，電視報導了田子庸平遭到殺害的新聞。

我和鍵人各吃著一罐品客洋芋片當早餐，並肩看著電視機螢幕。比起擔心鍵人被警察抓走——不對，搞不好還會抓錯人把我當成凶手——內心那種終於完成了自己長年夙願的感覺更加強烈。一定是因為前一晚聽到鍵人那麼說的關係吧。我們都對田子庸平這男人懷有相同的感覺，胸口也盤旋著相同的話語。只是剛好由鍵人順從了內心的渴望而已。不知不覺間，我已經是抱著滿足的心情在看電視。看膩了以後我和鍵人玩起《瑪利歐賽車》，玩膩了以後又看電視。

到了下午，烏龍打電話給我。他把我在案發前一天曾打電話給他和殺人聯想在一起，質問是不是我殺了他父親。

我誠實地回答不是我。

「總之，他應該不會把這件事告訴警察吧。」

雖然鍵人這麼說，但我在想，烏龍多半把我打過電話給他這件事告訴了警方。不久，兩名刑警就找上門來。我緊緊關上房門，藏起鍵人的身影後，才打開玄關大門。谷尾刑警和竹梨刑警問我昨天做了哪些事情，我據實以告，說我騎著摩托車到處亂跑。後來兩名刑警取了一根我的頭髮，放進小袋子以後就回去了。我呆站在玄關，拿出手機搜尋了有關DNA的資訊，才知道原來同卵雙胞胎擁有一模一樣的DNA。雖然也聽說依據生活環境和習慣，多少會產生細微的變化，但需要有大量的樣本資料才能進行分辨。看著這些文章的時候，漸漸地我也開始搞不懂，殺了田子庸平的人，到底是我還是鍵人？

我出神地望著兩名刑警離去的戶外階梯，鍵人從房裡走出來，站到我旁邊。

「好像不太妙。」

就連究竟是誰說了這一句話，我的記憶也變得模糊。

（十一）

「我知道你不是錠也了。」

迫間順平手上還是握著菜刀，皺起眉低頭看我。

工廠外太陽似乎已經下山了，靠近天花板的窗戶變得灰暗。

「可是，那殺了我爸的人到底是誰？」

「是錠也。一開始他還打電話給你想問地址，但因為你不肯告訴他，他就特地跑去青光園查。那一天，錠也突然不知去向，我很擔心，一直在公寓等他回來。後來錠也到了傍晚才回來，還得意洋洋地告訴我他殺了你父親。」

迫間順平大概屬於話語要花一段時間才能抵達大腦的那種人。他恍惚了幾秒鐘後，整張臉突然用力。

「……告訴我錠也在哪裡。」

「你要是想知道，先解開繩子放了我吧。」

綁住我手腳的繩子全在身前打了死結。

「殺了你父親的人不是我。」

## （十二）

好不容易甩掉了緊跟在後的警笛聲，我朝著大宮方向在馬路上繼續狂飆。現在天色已經暗下來了。為了甩掉警車和警用重機的追蹤，我一直大幅變更路線，始終無法與目的地縮短距離，只能任由時間一分一秒流逝。再加上，有哪裡不太對勁。以前我明明都能不顧一切地鑽進車輛與護欄，或是警車與中央分隔島間的縫隙，現在卻怎麼也不敢衝進去。因為我擔心萬一發生意外，就不能去救被烏龍抓走的鍵人嗎？這是我現在很冷靜的證據嗎？

不對，其實我很清楚。

我已經不再是從前的我了。鍵人在我心底深植的，至今從未體會過的恐懼這種情感，讓我整個人變得非常奇怪。

鑽進巷子停好車，從羽絨外套的口袋掏出手機。必須要先確實查出烏龍監禁鍵人的工廠在哪裡。拿出來的手機不是我的，而是鍵人的。兩人一起躲在池袋賓館時，因為擔心警方可能在追蹤我手機的訊號，所以我一直沒有開機，把手機放在羽絨外套的口袋裡。而今天，鍵人不小心穿走了那件外套。我直到要去醫院找間戶村先生的時候才發現。從沙發上抓起羽絨外套時，我才注意到左邊袖子上的破洞。這是我之前在尾隨政田宏明時，擦到小貨車的車斗勾破的。留在房裡的這件外套的口袋裡，放有鍵人的手機。

我跨坐在摩托車上，輸入生日解除手機的密碼鎖。手機裡頭有導航程式，啟動程式後，上頭顯示了曾去過青光園、我的公寓，還有埼玉縣埼玉市某住址的紀錄。最後那個紀錄，一定是要去殺田子庸平時輸入的烏龍家地址吧。

我先輸入了間戶村先生在電話中聽到的公司名稱「汽車唐吉Repair Factory」進行搜尋，但沒有查到結果，於是打開網頁瀏覽器，輸入工廠名字，找到了烏龍在上班的「汽車唐吉」的官方網站。修車廠的地址就寫在網頁下方。我複製地址，打開導航程式貼上，顯示行車路線。記下路線後，把手機塞回外套口袋，準備再次出發。這時，我發現口袋裡有個小紙盒。掏出一看，是藥品包裝盒。

我記得鍵人在光里姊家就是吃了這個藥。

「我覺得殺了順平父親的人，就是你。」

光里姊直視著鍵人這麼說的時候，我對坐在身旁的鍵人再度心生恐懼，不由得用力閉上眼睛，靜靜聽著時鐘的指針聲響。過了一會兒張開眼睛後，鍵人已經配著咖啡吃完這個藥。我立刻站起來，想把鍵人帶離光里姊身邊，偏偏間戶村先生在這個時候打電話來，鍵人更趁著我講電話時殺了光里姊，所以我一直到現在都忘了他吃過這個藥。

這到底是什麼藥？我伸長右手，把紙盒湊到頭燈旁邊。紙盒上的說明寫著我看不懂的英文，但藥名似乎是Propranolol。我強壓下想立即趕到鍵人身邊的心情，打開手機上網搜尋Propranolol。根據找到的網頁文章，「普潘奈」是種治療狹心症的藥物。看到說明書中「降低心跳速率」這一行字，我的視線不由得像生了根般黏住不動。英文藥名雖然乍看下和我請間戶村先生幫忙買來的阿米替林很像，但兩款藥物的作用正好截然相反。

鍵人為什麼要吃這種藥？

和鍵人住在一起時，他看到我吃阿米替林，曾問過我那是什麼。當時我告訴他，光里姊曾對我說明過我們這一類人的特徵——也就是心跳速率偏低，以及有人認為這就是為什麼我們會做出反社會的行為，所以我才會吃阿米替林，想盡可能讓自己保持理智。

「原來如此。」

鍵人只是這麼應道，點了點頭。

（十三）

「是個值得信賴的人。」

錠也這麼說著，帶我前往了與他一起在青光園生活過，他稱為光里姊的女性的住家。我戴上錠也遞來的備用安全帽，坐上摩托車後座。

到了目的地一看，房子相當大，門牌上寫著「龜岡」。

錠也按下對講機，報上姓名後，光里姊火速開了門。她一看見我們，活像漫畫人物般張大眼睛，眼鏡底下的雙眼先是看向錠也，再看向我，然後又看向錠也，再看向我。畢竟多年不見的少年突然登門拜訪，還從一個人變成了兩個人，會有這樣的反應也無可厚非。

光里姊邀請我和錠也進入客廳。並肩往沙發坐下後，錠也把發生在自己身上的所有事情告訴了她。包括離園之前，園長忽然告訴他自己母親當年的遭遇；迫間順平突然來電，兩人在大宮的家庭餐廳見了面；迫間順平其實是對自己母親開槍的田子庸平的兒子。還有當天回家前去了兒童公園時，我突然在廁所現身，又從我口中得知了更多真相——也就是田子庸平是我們的親生父親，以及我們其實是一對雙胞胎。後來貴島家收養了我，錠也獨自被留在青光園。最後是來訪前一天，迫間順平的父親被人刺殺身亡，警方在懷疑他就是凶手。

但是——

「關於順平的爸爸被殺這件事，我可以問你一個問題嗎？」

那個時候，只有一件事錠也說了謊。

「你說你不知道凶手是誰，這是真的嗎？」

我想，大概是因為光里姊比預期的還要正常吧。錠也多半是認為，要是真的把一切全盤托出，光里姊說不定會勸我們馬上自首，或者在我們離開以後就報警。雖然我與光里姊是初次見面，但說實話，我也這麼覺得。她給人的感覺，和錠也告訴我的相去甚遠。

在收拾得一塵不染的廚房，光里姊為我們泡了咖啡。她自己似乎不敢喝，所以只端出了兩杯咖啡。她坐在對面的沙發上，不時喝著寶特瓶裝的檸檬紅茶，告訴我們關於鏡像的理論。

在她看著的厚書上，印有兩張線條單純的人臉。望著那兩張人臉，我腦海中想到了自己與錠也。我猜身旁的錠也也一樣。

明明擁有一模一樣的遺傳因子，我們兩個人卻大不相同。並非五官有細微的差異，也不是錠也有摩托車駕照而我沒有，或是他住在公寓而我住在獨棟透天屋這一方面——而是某種更加決定性的不同。這些年來錠也都住在青光園，曾讓討人厭的老師受到嚴重燒傷，也曾放火燒了收養過光里姊的那戶人家，時不時會解放自己。另一方面，我則是被健全的家庭收養，接受著父親和母親嚴格的教育，一直都在當個好孩子。

「是不是進入母親體內的鉛彈，對孩子的大腦造成了影響？」

那個時候，錠也問了光里姊這個問題。我們為什麼會異於常人？不對，錠也一定覺得我格外異於常人吧。聽完這十七年來彼此過著怎樣的生活後，錠也雖然也不太正常，但並沒有變成像我這種殺人不眨眼的人。

對於錠也的問題，光里姊這麼回答了。

「若論有沒有這個可能……我想確實是有。」

就在這個時候，我第一次插嘴說話。

「話說回來。」

大概是因為沉默了太久，聲音卡在喉嚨變得沙啞。我清了清喉嚨後，問出了一直以來感到好奇的事情。

「那個所謂的精神病態，也會遺傳嗎？」

光里姊瞄了眼錠也的方向。因為我突然開口說話，讓她不知所措吧。在錠也催促的手勢下，她回答了我的問題。

「有很多報告的例子都顯示這會遺傳。」

「喔，那果然……」

父親為田子庸平的我們，早在母親懷有身孕的那一刻起，就已經潛藏著變得瘋狂的可能性。

「現在的腦科學普遍認為，精神病態有一定程度是先天遺傳，無論置身在怎樣的成長環境下都難以矯正。」

根據光里姊的說明，和智力、容貌以及才能一樣，很多例子都顯示，反社會性與攻擊性都會由上一代傳給下一代。我內心深感贊同，回答說道：

「這也就是說，早在出生的那一刻，我們的人生就已經決定好了。」

無論藝術家還是科學家——

「像我們這樣的精神病態者也是——」

然後，光里姊提出了墨西哥雙胞胎的例子，不知道那是不是要告發我的前兆。她說有對雙胞胎生活在不同的地方，由不同的家庭撫養長大，卻度過了非常相似的人生。早在許久之前，她就知道錠也異於常人。她是不是想藉此告訴我，溫順地坐在他旁邊的我，即便是由正常的養父母拉拔長大，也不可能正常到哪裡去？

「我可以老實說嗎？」

最終，她直視著我的雙眼說了。

「我覺得殺了順平父親的人，就是你。」

「為什麼？」

「最主要可以說是直覺吧。」

我猜她多半不是看穿了我的想法，而是看穿了錠也的想法吧。錠也究竟是哪些話說不出口，究竟隱瞞了什麼，又在害怕什麼。

她的直覺——無意識間靠著知識與經驗得出的答案，非常準確地命中了。

我拿定主意，要殺了這個人。

什麼時候動手？該如何動手？有錠也在旁邊，恐怕有些難辦。我動著腦筋思索的時候，順手從外套口袋裡拿出普潘奈的藥盒，配著咖啡吞下好幾顆藥錠。這是我在一間小藥局搶來的。先是戴上在百圓商店買來的面具，前往位在錠也住處與車站間的小藥局，亮出美工刀威脅藥師。知道了錠也會吃藥，藉由提高心跳速率來讓自己保持理智後，我則與他相反，想要更加徹底地開發自己。我想要更接近真正的自己。所以，我用手機上網查詢了與阿米替林具有相反作用的藥物。就在我們住在一起生活了幾天後，我趁著錠也去便利商店領錢時，前往藥局動手行搶。去迫間順平家殺了田子庸平時，我也吃了普潘奈。待在公寓房間的時候，我也瞞著錠也當點心一樣服用。每當心跳的速度減緩，我就能感覺到全身產生了某種變化。非要比喻的話，就像是血管裡頭湧現了大量孑孓，我對這種感覺無法自拔。就和為了享受沖澡後通體舒暢的感覺，刻意讓自己滿身大汗一樣，在光里姊家吃下普潘奈時，我也興奮於即將到來的不快，和隨後將能得到的快感。

「那是什麼藥？」

看見藥品盒的外包裝，光里姊的表情變得比剛才還要僵硬。

「沒什麼。」

「讓我看看。」

「為什麼？」

我們隔著桌子爭執起來，錠也猛然起身。

「我該走了。」

就算沒有察覺到我想殺了光里姊，錠也心裡多半也產生了不祥的預感吧。

「我應該不會再來了。」

錠也催促著我離開沙發。我猶豫了片刻，還是站起來和他一起走到走廊。光里姊從後面追上來，抓住錠也身上的羽絨外套。

「我想和你談談。」

錠也的手機就在這時響了。

「是工作上的電話。」

我們兩人走出玄關。錠也因為太專心聽來電的人說話，完全沒有看我這邊。想不到機會這麼快就來臨了。趁著錠也講電話的時候，我輕手輕腳回到玄關。光里姊坐在玄關的臺階上，手環住穿著牛仔褲的兩膝。

「錠也會有危險……那是什麼意思？」

她站起來連珠炮似的發問。

「剛才我聽到電話內容了，那在指什麼事情？」

「你為什麼要吃那種藥？那種藥的作用是降低心跳速率——」

我走進廚房抓起菜刀，刺向光里姊的胸口。錠也講完電話走進屋裡時，我已經洗好兩個咖啡杯，正把杯子倒扣在瀝水架上。

# （十四）

走進廚房的時候，我完全說不出話來。

光里姊穿著休閒上衣的胸口插有一把菜刀，握柄筆直地向上突出，眼鏡底下再也沒有波動的雙眼凝視著天花板。

「我覺得她之後可能會打電話報警。」

鍵人的說明很簡短。

「咖啡杯上的指紋我已經擦掉了，你不用擔心。其他還有菜刀的握柄、門把、桌上的指紋，那些只要擦乾淨就好了。」

到了這個地步，怎麼可能逃得掉。

才剛體會過的恐懼這種情感再度攫住我全身。

「怎麼可能啊——」

但我全身殘存的力氣，僅夠我從喉嚨裡擠出這句話。

「都已經殺了兩個人，怎麼可能逃得掉。」

然而。

「不只兩個人喔。」

這個時候，我尚未察覺。

在我們初次相見的那天夜晚，鍵人說過，貴島夫婦和磯垣園長曾在十七年前說好，總有天他們會告訴鍵人他的親生父親是誰，還有他其實有雙胞胎兄弟；屆時也會立即聯絡園長，園長再把真相告訴我。明明他們這樣說好了，但貴島夫婦向鍵人坦白以後，都已經過了不只一個星期，我卻始終沒有接到過來自園長的消息。明明在那之前，我手機一直開著機。但是，我從未特別去想這件事有哪裡不對勁。

「是四個人才對。」

鍵人站在光里姊的屍體旁，笑著這麼對我說。直到那一刻我才知道，我以為自己已經體會到了何謂恐懼，但其實那還不是真正的恐懼。

「因為我來之前把爸媽也殺了。」

（十五）

那個晚上，我第一次成為了我。

要去北海道旅行的前一晚，在客廳聽完了爸爸告訴我的真相後，我走回二樓自己的房間。拾級而上的同時，我能感覺到全身血管裡的血液逐漸變成了與至今截然不同的東西。多半是這十七年來在我看不見的地方不斷增殖的大量孑孓，在那個時候一口氣全湧進了血管裡吧。因為數量實在太多，血液反而全被推擠出去，所以我全身上下每個角落，想必都充滿了孑孓。這十七年來，錠也不時會驅除它們。但是，我卻只能把所有孑孓都塞進心底深處的水槽裡，對其視而不見。因為，我無時無刻都要扮演著爸媽心目中理想的好兒子。因為他們長年來都用言語和態度告訴我，我就應該要是這個樣子。但是那一晚，那個水槽終究粉碎破裂。滿是孑孓的水傾瀉而出，流遍全身。

我還記得光里姊是如何說明假性忽視的現象。

「我們都只意識到左邊的視野，而忽略了右邊的視野。」

也許我其實早就察覺到了。除了至今可以看見的自己以外，底下還一直藏有著真正的自己。

「只注意到其中一邊，明明看見了另外一邊卻視而不見。」

緊接著回過神來時，我已經站在客廳裡，手上握著美工刀。爸爸和媽媽都靠在沙發上，臉部朝上，脖子中央開著血紅的大口，看來像是兩個擺在一起的人偶。此時此刻，兩個人仍在同樣的位置上，維持著同樣的姿勢吧。

握著美工刀的時候，我對於是自己讓眼前的兩人變成這副模樣這件事，漸漸地湧出了真實感。那種愉快的滋味前所未有。殺了田子庸平和光里姊時，當然也讓我感到十分愉快，但還是比不上第一次殺人時，那種胸口好像浮在透明的水面上，所有牙齒也都搖搖欲墜，整個人彷彿比脫光了衣物還要赤裸的感覺。如果想要再次品嘗到那種滋味，我該不會得再花十九年的時間假裝自己是個正常人吧？還是說，我太快就習慣了殺人的感覺？若要讓自己再次獲得滿足，就只能像那些壞人吸食安非他命一樣，不斷地加重劑量？

「我不能解開繩子。」

從剛才沉思到現在的迫間順平突然抬起頭說。

隨意垂在身側的右手上，依然握著嶄新的菜刀。

「我不能解開你的繩子。」

「為什麼？」

我躺在地板上，鍥而不捨追問。

「這跟我又沒有關係。殺了你父親的人不是我，是錠也喔。」

「說不定你是在騙我。」

明明長了一張看來很蠢的臉，迫間順平卻不相信我的謊話。是我的說法太沒有可信度了嗎？正這麼心想時，迫間順平又說了：

「搞不好你說的這些話全是假的。什麼你不是錠也、而是雙胞胎的哥哥，這些全是騙人的。」

如果是從根本就懷疑我，那我也無可奈何。

手腳被綁的我躺在牆邊，開始思考接下來該怎麼辦。雖然我也想盡量拖延時間，但拖延以後又能如何？我試著想像了各種可能性。在我撥打了那通電話以後，搞不好間戶村先生正往這裡趕來，也說不定是警察在趕來的路上。但就算間戶村先生趕到這裡，我聽說他身受重傷，恐怕兩三下就會被迫間順平撂倒，兩個人一起完蛋。如果趕來的是警察，那就更不用說了。

那有沒有可能間戶村先生聯絡了錠也，錠也正往這裡趕來？可是，錠也多半贏不了迫間順平。那傢伙不敢殺人。而只要沒被殺死，迫間順平絕不會死心放棄。更何況如果錠也突然現身，迫間順平一定會向他確認，是不是他殺了自己的父親。錠也當然會否認。屆時我的謊話將被揭穿，迫間順平也會毫不猶豫地殺了我。也或者迫間順平看到錠也出現後，馬上徹底相信了我剛才說的那些話，知道我們真的是對雙胞胎，也相信殺了自己父親的人，不是倒在地上動彈不得的我，而是趕到現場來的錠也，然後二話不說舉起菜刀刺向他。而我因為成了目擊證人，迫間順平還是不會解開我的繩子，直接殺人滅口。

「那你打算怎麼處置我？」

嗯……迫間順平面帶難色，往旁歪著頭，但沒有思考太久，他的大頭就往下一點。

「剛才你說的那些話，我會全部當作沒聽到，總之先殺了你。如果我以後在其他地方遇到了錠也，確認了你說的都是真話，到時候再殺了錠也。這樣就好了吧？」

「哪裡好了啊。」

這時，遠處忽然傳來聲響。

喀啷喀啷喀啷喀啷，碰！聲音非常響亮。

聽來很像是有人拉起了偌大的鐵捲門。不對，應該就是有人拉起了鐵捲門吧。緊接著，是某個人往這裡逼近的腳步聲。是間戶村先生嗎？警察？還是錠也？迫間順平又蠢兮兮地張著嘴巴，把臉朝向聲音傳來的方向。那人的腳步聲正沒有一絲猶豫地大步走來。迫間順平的前方有台大機器，所以從我這裡看不見另一邊的情況。不過，我想這時候對方應該已經在另一邊現身了吧。腳步聲驀地停下，迫間順平依然張著嘴巴，往那邊伸長脖子。

「……你誰啊？」

對方沒有回答迫間順平傻愣愣的問題，再次邁步往這裡逼近。迫間順平還是愣頭愣腦地看著那邊。幾秒過後，一個男人從巨大機器後方現出蹤影。

我也忍不住張開嘴巴。

因為我不認識這個男人。

他當然不是錠也，但看來也不是警察。

莫非他就是間戶村先生？不對，記得錠也說過，間戶村先生因為遭到政田宏明報復，被打得半死不活，但眼前這個體型修長的男人明顯毫髮無傷。

不對，原來是這樣啊。

這個人就是政田宏明。

雖然他戴著口罩和帽子，但只要留心觀察，就能發現那張側臉經常在電視上出現。

他是怎麼知道這裡的？

「他就是坂木錠也嗎？」

政田的兩手插在大衣口袋裡，目光朝我投來。迫間順平定住不動了一會兒，最後轉頭看我，再重新看向男人。

「不知道。」

政田的臉宛如打了不同的燈光，給人的感覺截然不同。明明表情還是一樣，剎那間看起來卻判若兩人。接著他把臉轉過來，直接問我。

「你就是坂木錠也嗎？」

「我是錠也的哥哥。」

我如實回答。

「我們是雙胞胎。」

迫間順平揮了揮拿著菜刀的手，作勢驅趕對方。

「管你是誰，我們現在在忙。」

不過，大概也察覺到了被對方目睹現場後，趕走他好像不太妥當，迫間順平揮手的動作在中途變得有些遲疑。與此同時，政田往前走了幾步。迫間順平舉著菜刀的手停在半空中，視線跟著他的腳步移動。政田從大衣口袋裡伸出手來，雙手抓起迫間順平剛才坐過的圓椅，往右轉過身體後，下一秒用力轉回來，砸下手中的椅子。迫間順平的腦袋往旁歪去，整個人摔倒在地。政田緊接著又垂直地舉高圓椅，像在劈柴般地卯足全力揮下。座椅邊緣剛好以傾斜的角度落在迫間順平臉上，他的手腳瞬間在地板上抖動彈起，很快又落地。

政田背對著我，在迫間順平旁邊跪下。我悄悄撐起上半身，移動被綁的雙手伸向雙腳，食指碰到了雙腳上的繩結。但繩結綁得太緊，食指完全伸不進去，我只好改用小拇指，用力到骨頭幾乎要斷了。

「他是坂木錠也嗎？」

政田問迫間順平。我把小拇指彎成鉤狀，動用上半身的力量拉扯繩結。一次又一次地反覆拉扯後，繩結總算慢慢鬆脫。此刻迫間順平正仰躺在地，一動也不動。政田隨手把圓椅往旁一扔，舉起右臂，有如錘子般敲向迫間順平的胸口。迫間順平發出了像從肺裡被擠出來的模糊呻吟聲，同個時間，我腳上的繩子也解開了。

我立刻從繩子間抽出雙腳，順便也脫掉了運動鞋。政田正專心地掄起拳頭，毆打迫間順平的臉和身體，完全沒有注意到我的行動。

我環顧四周。假如往鐵捲門被打開的工廠出口方向跑，就會進入政田的視野。我再看向另外一邊。盡頭牆邊擺著好幾台機器，其中一台的形狀宛如巨大的縫紉機，本來嵌有針的地方則是直徑約四十公分寬的圓鋸。我只穿著襪子，迅速往那個方向奔跑。才剛跑到機器旁邊，身後就傳來了憤怒的巨吼。似乎是政田發現我跑走了。我把被綁的雙手舉到圓鋸另外一邊，用全身的力量扯動手腕。圓鋸割斷了繩子邊緣，也在手腕的皮膚上劃出了偌大的開口。我不放棄地再度把雙手舉到圓鋸另一邊，使出全力往自己的方向拉。但是，繩索還是沒被切斷。而且因為手腕流出了不少鮮血，害我看不清楚繩子的情況。回頭一看，表情活脫脫像是恐怖乳膠面具的政田已經近在眼前。

我往後扭身，本要用拇指戳向政田的雙眼，他卻忽然間從我的視野裡消失。原來是迫間順平從背後使出擒抱，把他拖倒在地。政田往前撲倒後，臉部用力撞上了水泥地面，迫間順平立刻跨坐到他背上。迫間順平的臉部中央往下凹陷，鮮血淋漓。只見他高舉起右手上的菜刀，朝著政田的背部狠狠刺下。還以為這樣就結束了，迫間順平接著卻發出長長的怒吼，掄起拳頭毫不間斷地毆打政田的後腦勺和背部，有如要把黏土工藝品徹底摧毀殆盡。他連雙眼也是一片血紅，似乎沒辦法清楚視物，因此我趁機起腳跑向工廠的出入口。直到這時候，我腦中才建立起了這間工廠的平面圖。大概是擴建了好幾次，整間工廠是由三個偌大的方形廠房不規則地連在一起，而我們是在最裡面的那個廠房。其他兩個廠房沒有開燈，中心一帶看似密密麻麻地擺了不少大型機台。我在其中呈Z字形地奔跑，但因為伸手不見五指，身體好幾次撞到機器。不久，便看見前方有面牆上出現了四方形的缺口，月光從那裡灑落進來。是政田剛才走進來的那個出入口。我跑到鐵捲門邊，帶有夜晚氣息的冷空氣撫上臉龐。

我蹬地一跳，用還沒鬆綁的雙手抓住鐵捲門下緣，在著地的同時用力往下拉。鐵捲門伴隨著轟隆巨響關上，門中央有處可以上鎖的地方，鑰匙還插在上頭沒有拔掉。我轉動鑰匙鎖上後，拔走鑰匙塞進口袋。

然後我弓著背，邊移動邊把雙手上的繩索貼到嘴邊，回到剛才經過的、擺了許多機器的區域邊緣，咬住帶有血味的繩子不停拉扯。很快地綁住雙手的繩子漸漸鬆脫，「啪沙」一聲掉落在地。

用鼻子慢慢地吸一口氣後，聞到了機油與自己血的氣味。

接著豎起耳朵。

聽見了不規律的沉重腳步聲。與此同時，我也聽見了自己體內，有什麼極小的東西不約而同地開始蠢蠢欲動的聲音。孑孓們正四處游竄，渴求著快點解放。

這就是光里姊所說的殺人基因嗎？

錠也是否也曾聽過這樣的聲音？

## （十六）

循著導航程式抵達的目的地後，現場一片漆黑，放眼望去全是農田。

為免被聽見引擎聲，我在一百公尺外就走下摩托車，穿著皮靴，跑過田野間的小徑。成排的方形窗子透出亮光。雖然整棟建築物的輪廓隱沒在黑暗中看不清楚，但還是可以看出橫寬很長，而且只有後面的部分區域亮著燈火。

跑近後最先碰到的是工廠大門。我停下腳步，側耳聆聽自己呼吸聲以外的動靜。朦朧的月光下，水泥牆上有道相當寬的鐵捲門。我走向關著的鐵捲門，用手指勾住下緣，試著輕輕使力，但似乎是上了鎖，鐵捲門不動如山。

因為工廠只有後頭三分之一亮著燈，我離開門邊，沿著牆壁繞到左後方。厚重的毛玻璃窗朝著內側半開，從那裡或許能看見工廠內部的情況，可是高度相當高。

來到建築物的盡頭，我再右轉了兩次繞到背面。牆邊全堆積著被吹來的落葉。一段距離外有扇金屬門，我踩著落葉上前，握住門把，但這扇門也鎖上了。門上雖然有封閉式窗戶，但因為一樣也是毛玻璃，加上屋內很暗，所以什麼也看不見。我試著把耳朵貼在冰冷的門縫上，卻只能感受到微乎其微的空氣流動，聽不見任何聲響。

不對，有人的聲音。

我屏住呼吸，等著聲音再次傳來，目光掃向左右兩邊的牆壁。剛才經過的半路上，建築物的轉角處有雨水槽。再沿著雨水槽往上看，只見雨水槽延伸到了流瀉出亮光的窗戶旁邊。

我立即掉頭，雙手抓住雨水槽。試著搖動後，上方大概是有些變鬆的金屬零件發出了匡噹匡噹聲，但應該還足夠穩固，可以支撐我的重量。

我手腳並用地攀住雨水槽。大腿先夾緊樹脂製的水管，雙手迅速往上攀爬，再往上提起雙腳。不斷重複這樣的動作後，透著亮光的窗戶離我越來越近。我伸出左手，勉強搆到了窗框。窗戶呈橫長形，大小和冷氣差不多。我雙腿夾緊雨水槽，朝著窗戶探出上半身。但就在這時「喀」的一聲，似乎有什麼東西損壞了，緊接著下半身忽然失去支撐。情急之下我將右手也往前伸，兩隻手一起抓住窗框。雖然兩腿間還夾著雨水槽，但固定住上方的零件已經毀損，事到如今毫無用武之地。我於是鬆開雙腳，整個人懸空掛在窗框上。雨水槽隨即往農田的方向傾斜，但下半部的零件並沒有壞，所以雨水槽就像沒有枝葉的植物般往上突出，在半空中晃盪。

我抓著窗框，讓身體盪向左邊，再順著擺盪的力量晃向右邊，然後晃向左邊，再甩向右邊，同時伸長右臂，手指抓到了朝著內側半開的窗扇邊框。然而承受了我的重量後，窗扇眼看著就要關上，我趕在手指被夾住前把手腕伸到縫隙裡。然後讓窗扇和窗框夾著右手腕，伸長左臂抓住邊框上緣，勉強支撐住了全身的重量。接著再用雙手的力量撐起身體，總算從縫隙間看見屋內。

最先映入眼簾的，是地板上的大灘血跡。

旁邊還放著一個開口打開，不知道是誰帶來的運動背包。不對，那是烏龍的包包。在大宮的家庭餐廳，烏龍就是從那個包包裡拿出了十九年前的雜誌剪報給我看。

地板上那灘血究竟是誰的？血跡更是往外延伸，像群島一樣點點散布，但因為毛玻璃投下的影子，我看不見是往哪邊延伸。

我再把雙手往窗內伸，撐起身體。

視野變得開闊起來。

隨之而來地，我看見了一個男人染滿鮮血的背影。他背上突起來的東西是菜刀握柄嗎？但是，男人竟在走動。右手上還提著圓椅，動作僵硬地走著。雖然看不見臉，但他百分之百是政田宏明。被血染成了鮮紅色的那件大衣，和我去醫院探望間戶村先生時看到的是同一件。政田正往一處沒有開燈的區域走去，依稀能看見成排機器的輪廓。

就在這時，我聽見了烏龍洪亮的怒吼。

（十九）

「錠也——！」

聽到這聲大吼，我禁不住嘆氣。

明明說明了那麼多遍，我不是錠也。

他是完全不相信我說的那些話？還是因為被政田痛打了臉部以後，把我說過的話都忘光光了？

迫間順平在機器間來回打轉，尋找我的蹤影。幸虧他的體積很大，又大動作地走來走去，所以我能輕而易舉地掌握到他的所在位置。雖然很想從背後一鼓作氣偷襲，但工廠內部昏暗，擺放的機器又太多，我根本不清楚哪些東西放在哪裡。可是，迫間順平卻對這裡瞭如指掌。他之所以遲遲不開燈，不知道是因為想活用這項優勢，還是因為被政田毆打過，眼睛已經看不太到了。

只要他移動，我就跟著移動。

持續這麼做的同時，等待機會。

此刻迫間順平正在擺有許多機台的區域，也就是整座工廠的中心徘徊。我蹲著躲在機器後面，身後是剛才被綁的地方。那裡開著燈，地上應該還倒著政田的屍體。

殺迫間順平需要武器。不知道這附近有沒有剛好可用的工具。如果回到剛才開著燈的地方，說不定能找到好用的東西。我邊留意著迫間順平的動靜，邊弓著身，襪子緊貼著地面向後退。

（十八）

背上插著菜刀，單手還拿著圓椅的政田朝著昏暗的某個角落慢慢走去。我更是用力抬起身體，把頭鑽進窗扇與窗框之間。視野再度開闊許多，我終於看見政田的目標是什麼。

那個目標背對著他蹲在地上，身上穿著羽絨外套。

政田雙手抓住圓椅，高高舉起。

「鍵人！」

就在我揚聲大喊的同時，鍵人也轉過頭來。但政田好像聽不見任何聲音，朝著鍵人的頭揮下圓椅。爆炸般的巨響響起後，圓椅只是打中了水泥地面。鍵人迅雷不及掩耳地閃開，消失在了後頭的黑暗中，政田語意不明地怒聲咆哮。我趁著這時候用全身的力量把窗戶往內推，隨即聽見了金屬零件的損壞聲，窗戶往內側掉去，玻璃四散一地。我穿過少了玻璃的窗戶，縱身往屋裡跳，鞋底踩碎了一地玻璃。我緊接著往旁滾倒以緩和落地的衝擊，雙手扎到了不少玻璃碎片。政田回頭轉身。儘管身處在這種情況下，他還是露出了呆若木雞的表情。畢竟剛才逃進黑暗裡的人居然又從身後的窗戶跳下來，也難怪他有這種反應。我踏地後撲上前，用左右手的大拇指攻擊他的眼睛。政田發出了長長的沙啞哀號，扭著身體向後倒去，側臉狠狠地撞上旁邊的機器。我把全身重量放在右腳上接著猛踢，政田的頭夾在皮靴與機器間，幾乎要扭曲變形。

「鍵人！」

我大喊著掃視地板。地面上到處散落著玻璃窗的碎片。我撿起一塊巴掌大的碎片握在右手上，轉向倒地不起的政田。他還活著。喉嚨深處發出了呻吟聲。但是照他現在這樣，應該已經連根手指頭也動不了吧。我決定不管政田，轉頭看向昏暗的工廠內部。鍵人在同一時間從黑暗中走出，搶走我手上的玻璃碎片。

「這傢伙最好殺了他。」

他低頭看著政田說。

「因為他絕對不會放過我們。」

鍵人彎下身體，揮下手中的玻璃碎片。政田的喉嚨被劃出了一條直線，鮮血如水槍般往斜上方噴出。鍵人緊接著揪住我的衣領，把我拉到暗處，壓低我的頭，朝深處前進。這時，可以聽見我們兩人以外的腳步聲，而且越來越近。鍵人躲在機器後方先是左轉，然後右轉，最後停住不動。另一道腳步聲也在頓了幾拍後停下來，之後再度傳來烏龍的大吼，呼喊著我的名字。

「他八成已經不在乎誰是誰了吧。」

鍵人把嘴巴湊到我耳邊低語。

「對了，錠也，你報警了嗎？」

我搖頭，鍵人說著「這樣啊」，話聲中帶有笑意。

「那就能慢慢來了。」

什麼慢慢來？——我沒有這麼問。因為我早就猜到了答案，他接著說出口的話語也正如我所料。

「我得報仇才行。」

鍵人的呼吸平穩，連半滴汗也沒流。

「而且，我剛才把所有事情都告訴他了，所以不殺了他很危險。那傢伙雖然體型魁梧，但我和你一起上，一定能幹掉他。那傢伙和我們都是田子庸平的兒子，其實可以說是精神病態三兄弟，但我們在母親肚子裡的時候比他多吸收了鉛。」

鍵人看著右手上的玻璃碎片，重新握好，尖銳的那端朝上。

「讓那傢伙知道，誰才是真貨吧。」

烏龍再次叫嚷著我的名字。儘管是他的聲音，聽起來卻有如是非人的妖怪在嚎叫。嘴巴湊在我耳邊的鍵人對此笑了起來，好像覺得非常好笑。這還是頭一次明明在場有這多麼人，甚至包括成了屍體的政田在內，我竟然是最正常的那一個。

「還是去亮一點的地方吧。」

話剛說完，鍵人便拉著我站起來，回到工廠深處。然後越過政田的屍體，進入寬敞明亮的空間。也就是我剛才跳下來的地方。

「錠也，你站在那裡。我躲在後面殺了他。」

鍵人低聲說完，眼看就要躲到機器後方，但我捉住他的手臂。

「我想先和烏龍談談。」

「不可能。」

「為什麼？」

鍵人沒有答腔，只是揚起嘴角，甩開我的手飛快後退，消失在了大型機台後方。正想要追上去時，有腳步聲從黑暗中傳來。是烏龍。他在燈光下現身。

「錠也……」

烏龍的臉不忍卒睹。

他的鼻子往下凹陷，整個人看起來活像是卡通人物的大力水手卜派。兩邊眼睛都流著血，而且大概是微血管破了，眼白部分也一片通紅。再看向他的嘴巴，門牙幾乎全部掉光，形成了深不見底的漆黑缺口。

「是誰幹的？」

我問，烏龍的腦袋不穩地往斜後方一歪。他沒有停下腳步，緩慢朝我走來。

「不認識的人。」

烏龍張開沒牙的嘴巴，咬字非常含糊地回答。每說一個字，混著唾液的鮮血就從他下唇淌下來，牽著絲滴向胸口。

「你不是也看到了嗎？」

原來如此，我大概了解情況了。

「看到的人不是我，是我的雙胞胎哥哥。鍵人不是都告訴你了嗎？」

找到了能夠談話的切入點——自以為找到了的我這麼說道。但是，烏龍只是慢吞吞地搖頭。

「反正都無所謂了。」

聞言，我終於明白，為什麼鍵人會說不可能和烏龍談談。聽烏龍的口氣，他好像是真的完全不在乎。

烏龍看了一眼倒在旁邊的政田屍體，上前抽起他背上的菜刀，反手握住，讓刀刃朝下，接著轉向我。

自從鍵人出現，在心底早已生了根的絕望感，此刻就如同肉體的疲勞般擴散到全身。

也許誰都已經無能為力了。

我移動目光，對躲在機器後頭看著這邊的鍵人微微點頭。這一切，任何人都已無能為力。現在只能把一切都破壞到極致，再和鍵人一起逃跑了。

但是，鍵人那雙結凍般的眼眸只是靜靜望著我，動也不動一下。

反倒是烏龍展開了行動。

他一下子就來到我眼前，好像有人從後面踹了他一腳，菜刀對著我的臉直接刺來。由於太過突然，我閃避不及，菜刀砍到了右肩，連帶還有羽絨外套和底下的休閒上衣。我歪著身子向後倒去，但在倒地前抓住了烏龍的右臂，把他往自己拉來，讓他跟著我一起摔倒。我的背承受了兩個男人的體重摔向地面，後腦勺更是狠狠地撞在水泥地上，眼前的世界變成一片雪白。鍵人為什麼不從背後攻擊烏龍？為什麼不來救我？一顆拳頭忽然衝破雪白的視野高速飛來，打中了我的臉。因為是倒在地上挨了這一拳，雙重的衝擊劇烈到我覺得頭部好像要爆炸。但是，我還是沒有放開烏龍拿著菜刀的右手。他拚命扭動身體，想要掙脫。我更是連同右手臂一起箍住他的身體，不讓他起身，雙腳緊緊纏住他的腰。鍵人依然沒有出手幫忙。

難不成——某個想法掠過大腦一隅。

是我一直以來暗暗抱有的懷疑。

烏龍用左臂架住我的喉嚨，想藉此掙脫我的束縛。論力氣我終究贏不了他，所以烏龍很輕易地便拉開我們身體間的距離。但是，就在烏龍抽走左臂，再次掄拳要攻擊我臉部時，我又撲上前纏住他的身體不放。烏龍張著嘴巴發出氣急敗壞的咆哮，像做背肌訓練一樣地撐起上半身，然後往下用力趴去，不斷重複這個動作。每當他往下趴臥，我的背部和後腦勺都會撞向地面，全身逐漸失去知覺。就在他第四次重複相同的動作時，我的手終於鬆開。就好像被人拔掉了插頭，再也使不出力氣。我呈大字形倒在地上，烏龍坐起身後，舉起菜刀。就在這時，我的右手碰到了某樣東西。雖然不知道那東西是什麼形狀，有多大又有多硬，但我還是抓著它從右到左猛揮。烏龍依然挺著上半身，頭部卻近乎垂直地折到一邊。我手上握著的，就是剛才被我撞下來的窗扇框。我重新把窗扇框拉回到右手邊，這次用雙手握住，扭動上半身猛力揮下。烏龍正要轉回原位的頭部再度被折彎。我趁機從他身體底下鑽出來，但因為無法順利站穩，只好跪在地上，又朝著烏龍的頭部揮下窗扇框，打了一次又一次。心裡頭也很清楚，自己正處於生平第一次要殺死一個人的狀態。烏龍用雙手護著頭，他的十指漸漸滿是鮮血，血底下能看見肉，接著能看見骨頭。我在心裡厲聲吶喊。現在說不定還來得及。說不定我們還能好好溝通。看要把烏龍綁起來還是採取其他措施，只要大家冷靜下來好好商量，也許能找到我們三人都可以接受的解決方式。揮下窗扇框的同時，我突然間想起了和烏龍一起嬉鬧著抱住山羊的情景。如今回想起來，在青光園與烏龍共度的時光之所以那麼快樂，也許就是因為我們有血緣關係。就算長相和體格完全不一樣，但那時候的我可能還是感應到了什麼。事情為什麼會變成這樣？我打從一開始就對烏龍沒有半點恨意。我恨的是田子庸平，烏龍只是把無家可歸的父親接回自己的住處，和他一起生活而已。不對，我很清楚事情為什麼會演變到這一步。是因為鍵人殺了田子庸平。但烏龍以為是我殺的，所以想殺了我。鍵人說過，他把所有事情都告訴了烏龍，但他是否也老實說了是自己殺了田子庸平？如果他承認了，那烏龍根本沒有理由恨我。我們就能坐下來好好溝通。但是這樣一來，烏龍想殺的對象，就會從我變成鍵人。好不容易與雙胞胎哥哥重逢，我想保護自己的第一個家人。無論他是怎樣的人，我都想與他相依為命。可是，烏龍和我也是同父異母的親兄弟。我們三個人是兄弟啊。只要冷靜下來，一切開誠布公，說不定就可以——

我的手停了下來。

手指忽然沒了力氣，掉在地上的窗扇框發出了輕脆響聲。

「……烏龍？」

我跪在地上，低頭看向烏龍的臉。

他還有呼吸。

「你不繼續嗎？」

鍵人從機器後頭往這裡走來。

「鍵人……你為什麼……」

我上氣不接下氣，講話變得斷斷續續。鍵人反問似地挑眉，但在我再次開口之前，他「啊」地笑了起來。

「因為我在等你們其中一個人死掉。」

看來我是猜中了。

「那樣子之後比較輕鬆嘛。」

我的懷疑似乎沒有出錯。

烏龍依然維持著雙手抱頭的姿勢，在我們腳邊蜷縮成一團，動也不動。但是還能清楚聽見他發出的呼吸聲。鍵人好一半晌低頭看著他，然後握緊右手上的玻璃碎片。

「不過，我看他也和死了差不多。」

鍵人把手伸進烏龍的肩膀和脖子間，將玻璃碎片往自己的方向一劃。烏龍的脖子側邊被劃開，噴出的鮮血在水泥地上迅速擴散，我只是茫然看著。悲傷以和地上鮮血一樣的速度，朝著心底蔓延滲透。打從我懂事開始，我從不記得自己曾為任何事情單純地感到難過，但沒來由地，我就是知道此刻主宰著自己的情感正是悲傷。

不單是因為烏龍死了，我才感到悲傷。

「果然是這樣嗎？」

「嗯？」鍵人漫不經心地應著，語氣就像是看著漫畫或電視的時候有人向他搭話。

看著地上慢慢擴散開來的血泊，我刻意和鍵人一樣裝出漫不經心的話聲，問出一直藏在心底的疑惑。

「你之所以會殺了田子庸平和光里姊，都是為了把我變成殺人凶手吧？」

## （十八）

我感到有些意外。

因為截至目前為止，錠也完全沒表現出他有所察覺的樣子。

「被你發現啦？」

反問後，錠也低頭看著生命逐漸消逝的迫間順平點頭。

「雖然我也希望是我想錯了。我寧願鍵人只是個殺人如麻的危險人物，我的人生因此被你搞得一團亂，還被警察當成是殺人犯追捕，這樣還好一點。」

「比什麼好？」

我忍不住試問，錠也也沒有多做無謂的說明，直截了當地說中我的目的。

「比起鍵人把殺了自己養父母的罪行全栽到我頭上，自己卻逍遙法外要好。」

看來他是真的全想通了。

「鍵人，你接下來打算把我也殺了吧？殺了我以後，打電話叫警察來，再把你準備好的台詞告訴他們。所有發生過的事情你會全部照實回答，但只要改掉動手的人是誰這部分，一切也還是說得通。」

比如說……錠也這樣起頭後，有半晌閉上嘴巴，但接著一鼓作氣說完。不愧和我是雙胞胎兄弟，他的推測幾乎全猜中了。

「在你們一家人要出發去北海道旅行的前一天晚上，我突然出現在你家，把你爸和你媽都殺了。然後我強行把鍵人你帶走，你因為太害怕而不敢抵抗，這些日子才逼不得已地和我結伴同行。而且這段時間裡，我不只殺了田子庸平，還殺了光里姊。然後今天，烏龍把你誤認為是我，攻擊了你以後，又差點要在這裡殺了你，但你靈機一動，用我的手機打了電話給間戶村先生。關於這一點，間戶村先生還能替你作證。再後來，我騎著摩托車趕到這裡，先殺了正好也出現在這裡的政田，之後又和烏龍大打出手，結果兩個人都死了。被烏龍打到快要斷氣的我使出最後的力量，割開了烏龍的喉嚨，然後就嚥下最後一口氣……類似是這樣？」

說話期間，錠也始終頭也沒抬，一直盯著迫間順平縮成一團的背影。

「真可惜，只有一個地方說錯了。」

我這樣回答後，錠也終於揚起頭來看我。明明還活著，眼神卻像死了一樣。

「錠也是在我們見過面以後，才殺了我爸和我媽喔。因為在那之前，你甚至不知道我的存在，怎麼可能突然跑到我家來，殺了我爸媽呢？」

我按照順序說明，好讓錠也容易理解。

「也就是說，設定上是這樣才對。那天晚上，我從爸爸和媽媽口中得知了自己其實是養子，而且還有一個雙胞胎弟弟。因為受到太大的打擊，根本沒心情去北海道旅行，所以隔天早上，我就取消了飯店的訂房，跑去青光園，想見雙胞胎弟弟一面。而青光園的人除了園長以外，都不知道錠也還有雙胞胎哥哥，所以我擔心要是造成恐慌就不好了，於是假裝成是你，查到了你家的住址，然後去了你家。但你當下不在家，我就在附近的公園等你，最後你也出現了，然後，我和你一起回到住處，向你坦白了爸媽告訴我的真相，你也因此對我父母懷恨在心。因為當年是他們要求園長，別讓我們知道彼此其實有雙胞胎兄弟。然後你逼著我說出自己家的地址，過去殺了他們。」

因為爸爸和媽媽已經死了很長一段時間，肯定查不出正確的死亡時間。就算聲稱他們是在我和錠也見面以後才被殺死的，應該也不會有人起疑。

「除此之外呢，嗯，就和錠也剛才說的一樣。我一直待在錠也身邊，過得膽顫心驚，這段日子，你還殺了田子庸平和光里姊。我因為太害怕了，不但不敢報警，也不敢逃離你身邊。」

其實殺了田子庸平和光里姊以後，我本來打算讓錠也自殺。帶他到某棟公寓的頂樓，再把他推下去，不然就是讓他掉進冬天的河川或大海。之後再去找警察，搬出我準備好的說詞。然而，今天因為遭到迫間順平的突襲，又被他帶來這裡，就無法採用這個方案了。

「雖然被帶來這裡不在我的預料之內，但好像也圓得回來，真是太好了。就照錠也剛才說的，迫間順平把我誤認為是你，把我帶來了這裡。然後錠也和政田相繼現身，和迫間順平三個人大打出手，結果三個人都死了。」

我至今一直是品學兼優的好孩子，錠也卻始終異於常人。警察肯定會相信我的說法。即便無法馬上相信，那就反覆說到他們相信為止。

「不過錠也，你猜得還真準呢。因為我們是雙胞胎，想法很接近嗎？」

「並不是，我也不是因為雙胞胎的關係才猜到。」

錠也搖了搖頭，滿是鮮血的臉龐依舊朝下。

「我只是想到，如果鍵人想讓結果全面對自己有利，就只有這個方法而已。」

錠也的神情看來非常哀傷，我不由得想安慰他。

「不過啊，錠也，其實我原本沒有打算這麼做喔。一開始完全沒有考慮過這些事情。」

用美工刀劃開爸媽喉嚨的時候，我甚至覺得這輩子能有過這麼無與倫比的體驗，其他一切都無所謂了。我不在乎被警察逮捕，也不在乎一輩子都要過著逃亡的生活。

隔天早上會跑去找錠也，也是因為我希望在被警察逮捕或在展開逃亡生活之前，能先和自己的弟弟見上一面。所以我沒有告訴錠也，我來之前殺了自己的爸爸和媽媽。我不想嚇到他或讓他心生恐懼，那樣太可惜了。我想好好享受與弟弟共度的時光。我本來打算與錠也生活一段時間後，就要遠走他方，獨自思考自己的未來。我從沒想過會和錠也一起生活這麼長的時間，更沒想到會殺了自己的親生父親田子庸平，還有多半是錠也初戀的女人。

「我是在你的住處，聽到了迫間順平告訴你的那些事情後，才改變了想法。」

那天晚上，我告訴了錠也，田子庸平就是我們的親生父親。隨後，錠也也向我坦白，他有個在青光園一起生活過的朋友叫迫間順平，而他的父親就是田子庸平，父子倆正一起住在埼玉縣。而且，他也是剛好在幾個小時前才知道這件事。

——真諷刺。

我嘴上這麼回應，同時在心裡想著「如果田子庸平在這時候出了什麼事，錠也鐵定頭一個被懷疑」。所以，我實驗性地殺了田子庸平。假裝成錠也，打電話給迫間順平，詢問他家的地址。但因為他不肯告訴我，我改為前往青光園，佯裝是錠也後，成功問到了地址。殺了田子庸平以後，還故意在房裡留下頭髮。於是乎果不其然，警方最先懷疑錠也。

至於光里姊家，我打算聲稱自己從未去過。謊稱只有錠也一人前往，並且將其殺害。當時殺了光里姊後，我雖然洗過咖啡杯，但只有自己用過的那個杯子洗得非常仔細；至於錠也用過的那個杯子，我只是隔著抹布抓起來，再用清水沖掉杯裡的咖啡，所以杯子上應該留有錠也的指紋。警方多半已經發現了指紋，正把錠也視為凶手，展開追緝。

「鍵人，你——」

錠也再度垂下臉龐，看著迫間順平蜷縮的背。

「為什麼做得出這種事情？」

他的表情看來非常鎮定，教我感到意外。聲音雖然悲傷，卻一點也沒有亂了方寸的感覺。

「好不容易見到了親兄弟，為什麼會想要這麼做？」

我從未想過理由。

不過，我還是試著歪過頭，意外簡單地得出了答案。

「可能是因為羨慕吧。」

錠也慢慢地抬起頭。

「錠也大概很羨慕我的人生吧。可是，我也很羨慕你。因為到頭來，還是你的人生比我更充滿光明。可以不用殺人，讓自己的人生陷入難以逃脫的困境，而且從今以後多半也不會殺人吧。因為錠也絕對不敢殺人，不是嗎？」

錠也筆直地注視我的雙眼。

「──你真的這麼認為嗎？」

這時，我忽然注意到一件事。截至目前為止，錠也曾直視過我的眼睛嗎？好像一次也沒有。錠也雖然每次都會看著我的臉，但從未看向我的眼睛，避免與我對視。在這之前，我們只有在公園廁所重逢的時候曾四目相接過，那是第一次也是最後一次。當時，我們的目光在鏡子裡互相交會。然後一直到了現在──到這一刻為止，恐怕一次也沒有再交會過。

「對，錠也你不敢殺人。」

在我這麼回答的時候，錠也也沒有別開目光，並且彎下膝蓋，右手伸向地板。然後，他拿起了剛才痛打過迫間順平的金屬窗扇框。

「你要幹什麼？」

錠也沒有答腔，轉身背對我。被迫間順平砍傷的右肩血流如注，他用滴著血的右手拿著窗扇框，往牆邊移動。那裡放著一台外形很像縫紉機的巨大機器。我剛才就是利用它，想用上頭的圓鋸割斷綁住雙手的繩子。

錠也舉起窗扇框，水平地砸向圓鋸。圓鋸應聲裂開，斷成了手掌大小的碎片飛向牆壁。錠也把窗扇框隨手一丟，撿起掉到地上的圓鋸碎片，重新面向我。手中的碎片是刀刃部分朝下。

「你把藥放在我給你的羽絨外套口袋裡吧？就是降低心跳速率的藥。」

錠也的手隔著羽絨外套，按向自己腹部一帶。

「嗯，是啊。」

「你會吃那種藥，是因為想要徹底解放自己……對嗎？」

「嗯，差不多吧。」

「我也吃了。」

「哦……」我忍不住發出輕呼。

「我在趕來這間工廠前，發現了口袋裡的藥，所以就吃了。這樣一來鍵人要是有危險，我就能夠出手救你。而且只要讓心跳變慢，就可以比平常更不顧一切，說不定還能變回以前那個天不怕地不怕的自己。不過，藥效好像要一段時間才會發揮——」

錠也的雙眼再次直直地望向我的雙眼，彷彿兩人之間有條緊緊拉起的絲線。

「我猜，現在正是藥效最強的時候。」

錠也用力握緊圓鋸碎片。

「所以現在的我，和遇見鍵人以來的我應該差了很多喔。」

「這樣啊。」

我也握緊了右手上的玻璃碎片。

「那，我們兄弟倆就大打一場吧。」

我說完，錠也像是難過又像歡喜地勾起嘴角回應。

「這還是第一次呢。」

在我與錠也之間，地面上還散落著許多玻璃碎片。其中有塊碎片的大小和我現在手中的差不多，但比較細長，形狀恰巧就像一把短刀，尖銳的那頭朝著右邊躺在地上。發現那塊碎片的同時，我往錠也的眼睛擲去手中的碎片，然後蹬向地面，朝著那塊細長的碎片伸出手。反手握住後，我立刻挺直身體，扭過上半身，刺向錠也所在的方向——錠也的動作卻比我更快。我才抬起頭，他的上半身已經來到眼前。額頭中央有處傷口，多半是在我擲出碎片時他完全沒有閃躲吧。否則的話不可能瞬間來到我眼前。只可惜，我很輕易地便猜到了錠也的下一步。

因為只要想像成如果是自己，會怎麼做就可以了。

我舉起左臂擋在雙眼前方，錠也揮下的圓鋸碎片隨即劃破袖子。我沒有錯過這個瞬間，立刻往旁甩出左臂。羽絨外套的布料勾住了圓鋸碎片，連同錠也的右臂也跟著被我拉過來。我的右手緊接著襲向錠也的雙眼。就算他想往後閃躲，也絕不可能來得及。玻璃碎片的尖端勢必會刺進他的左眼或是右眼。

然而下一秒，錠也的太陽穴用力地撞上我的右手。

錠也沒有往後閃躲，而是直接把臉更往前推。看來是料到了我的行動。兩人的胸口隨即撞在一起。錠也右手上的圓鋸碎片還勾在我外套左袖上；我的右手也因為被錠也用頭狠撞，失去了知覺，但還勉強握著玻璃碎片。就在我發覺現在只剩錠也的左手還能自由行動時，他的手指已經朝我眼睛飛來。我立刻縮起下巴。但是，這個反應似乎也在他的預料之中。錠也的左手跟著我改變路徑，突出的食指和中指由下往上朝我臉部逼近。就在快要刺進雙眼前，我突然覺得腳底踩空，錠也的手指掠過我的額頭，徒勞地刺穿空氣。

幸好剛才脫了運動鞋以便消除腳步聲，我的雙腳湊巧在這時打滑。倒下的同時，我們的身體也扭成一團摔倒在地。一被錠也壓在身下，他立刻放開被外套勾住的圓鋸碎片，往我臉部揮拳。臉部的痛楚與後腦勺撞上水泥地的衝擊同時襲來，我覺得整個人好像浮在半空中，緊接著又是一次同樣的衝擊。

「——看來是我更習慣打架吧。」

天花板和燈光全在眼前飄浮，模糊成了雙重的影像，錠也的身體以這幕景象為背景動了起來。他很快撿起旁邊的玻璃碎片，然後往我轉回來。他的目標是眼睛還是脖子？剎那間，模糊開來的兩張臉結合成了一張。意識到他的雙眼正盯著我脖子看的瞬間，他的嘴巴忽然張到極限，發出了無聲的慘叫。錠也從我身上滾落，往後飛退，左腿上深陷著我刺下的玻璃碎片。

錠也一時間站不起來。

我也站不起來。

趕在錠也感受到的第一波劇痛褪去之前，我翻過身趴在地上，雙手在地板上摸索，想要重新獲得武器。然而，什麼也沒有。雙手只是在水泥地上來回摩擦。彷彿剛才遠去的知覺全集中回到了手上，地板的粗糙觸感分外鮮明地傳到掌心，教人感到空虛。錠也倒在牆邊發出呻吟。第一波劇痛肯定很快就會過去。一旦褪去，錠也就會像蜥蜴一樣地迅速爬來，給我致命一擊。這時，我聽到了某些聲響。聽來像在破壞什麼東西——撞擊聲接連響起。

然後是某處玻璃破碎的聲音。

輕脆的金屬敲擊聲緊接而來，然後是男人的聲音。

「錠也！」

我繼續趴在地上，只轉動目光看向聲音傳來的方向。

在工廠中心，也就是沒有開燈的昏暗區域另一頭，突然出現了一道縱長型的出口。不是我剛才關上的鐵捲門，而是其他出入口。剛才在機器之間移動，伺機要殺了迫間順平時，我曾在那附近看見過有道金屬門。門的上半部有塊毛玻璃，對方想必是先敲碎那塊玻璃，才打開了門鎖吧。雖然不知道是誰——不對，我知道。

「——間戸村先生！」

我擠出殘存的力氣大喊。

「間戸村先生，快救我！」

一道人影在機器之間穿梭，逐漸走近。動作一頓一頓的，有些不太自然。不久後，對方終於走進了有明亮燈光的地方。原來是因為拄著拐杖，怪不得動作那麼奇怪。剛才應該也是用那對拐杖敲破玻璃的吧。

「錠也——」

對方對趴在地上的我叫道。他穿著睡衣，全身上下包滿繃帶和紗布，果不其然是間戶村先生吧。他應該是急急忙忙地偷溜出醫院，除了拐杖外什麼也沒帶。

「間戶村先生，請你快壓住那傢伙！」

我扭頭朝著錠也的方向大吼。在這之前，間戶村先生似乎都沒發現錠也的存在，這才抬眼看向那邊，然後好像看見了什麼魔術似地，一時間目瞪口呆地停下所有動作。間戶村先生順勢再看向旁邊縮成一團的迫間順平。下一秒，本以為無法再張大的眼睛和嘴巴又張得更大了。迫間順平維持著雙手抱頭的姿勢，倒在血泊中靜止不動，彷彿早在很久以前就被人擺在那裡。心臟似乎也已經停止跳動，被我劃開的脖子側邊沒有再流出鮮血。

「錠也，這——這是——」

間戶村先生不停地來回看著我、錠也和迫間順平，還像個演技很爛的演員一樣張合著嘴巴，然後也許是想了解現場情況，他突然間用力轉頭，環顧自己四周。隨後，發現了昏暗中政田倒在地上的屍體。間戶村先生從喉嚨發出了像是太用力吹笛子時的聲音。

我好不容易立起單邊膝蓋，想要站起來，偏偏膝蓋一滑，胸口和臉部又撞上了水泥地面。目前身體還不聽使喚，無法起身。不過，我想應該再一下子就好了。只要再一下子，我就能站起來。只要間戶村先生能幫我壓制住錠也，我就能了結他的性命。之後再殺了間戶村先生就好。就算已經被打得遍體鱗傷，要殺了一個全身裹滿繃帶的人還是易如反掌。

「他是我哥。」

「你哥？」

我抬高音量，蓋過間戶村先生的聲音怒吼。

「他是我的雙胞胎哥哥，已經殺了好幾個人！是個殺人凶手！他遲早也會殺了我們，所以快壓住他！」

間戶村先生還在驚惶失措，錠也在這時候恢復了力氣說話。

「不是，我——」

「咦？咦——」

「快點！」

我再一次大叫，撐起上半身。用膝蓋著地，奮力站起後，眼前的景色在搖搖晃晃的視野中往下滑去。好不容易靠著雙腳站定後，我走向錠也。間戶村先生完全陷入了恐慌，肉眼都能看出他握著拐杖的雙手抖個不停，臉頰和眼睛也彷彿有強風由下往上吹似的僵硬，整張臉變得很像是人工製造的假面具。

「錠也——你在說什麼啊？什麼殺人凶手——咦？你們是雙胞胎——」

間戶村先生沒有看我也沒看錠也，而是朝著空無一物的方向茫然自失。錠也拖著還刺有玻璃碎片的右腳，用雙手支撐著上半身保持警戒。在我和錠也之間，地面上找不到大小適中的玻璃碎片。剛才錠也握在手裡的圓鋸碎片也不見了。窗扇框被丟到了牆邊，但距離有點遠——不對，手邊正好有適合的武器。

「那個借我。」

我伸出右手，間戶村先生瞬間睜圓了眼，轉動眼球看向手上的拐杖。

「快點！」

我用最大的聲量催促後，間戶村先生幾乎是反射性地朝我遞來一根拐杖。但伸出的右手碰不到，我只好再往間戶村先生的方向靠近一步。眼前的景象再度搖晃起來。手總算碰到了拐杖。這還是我第一次摸到拐杖，比想像中還重。我再回頭看向錠也，他的臉上失去了任何表情，無神的雙眼只是朝著我這邊，好似在街頭看著毫無關係的陌生人。

不對，有那麼一、兩秒鐘的時間，他的雙眼暗下，成了混濁的灰色。

彷彿黑色眼珠真的在現實中變了色。

截至今天，同樣的表情我在錠也臉上見過兩次。第一次是在光里姊家的廚房，看見菜刀插在她胸口上的時候；第二次是在剛才，他低頭看著被我割開喉嚨，蜷在地上動也不動的迫間順平。我覺得自己的雙眼好像也曾和他一樣黯然變色。大概就是那天晚上，坐在家裡的客廳，與父母面對面，聽著他們告訴我，我其實不是他們親生兒子的時候。

為了撇開此刻又快要在心裡萌芽的情感，我雙手抓起拐杖，以剖西瓜的氣勢大力揮下。錠也雙手護頭，歪著身體縮成一團，杖尖打中了他左耳上方的太陽穴，隨即撞上地板。髮絲間立刻出現了一道長長的傷口，很快地先是露出白色，然後紅色的鮮血馬上溢出。

「錠也……這個人、他會死的……」

間戶村先生看著我，聲音不停顫抖。

「在被殺之前要先殺了他。」

我的雙手重新舉起拐杖。這次我稍微往後，瞄準了錠也的後頸，不讓他有機會躲開。錠也……間戶村先生這麼喊著的聲音細若蚊蚋。雙手握緊拐杖後，我讓身體重心前傾，準備再次使力揮下。

就在這時，突然聽見聲嘶力竭的大喊。

大喊聲來自間戶村先生。他的叫聲撼動空氣，聽來像是直接把內心的混亂化成了聲音，也像是把字詞亂七八糟地拼湊在一起。我剛要往他那邊轉頭，就聽見了「咻」的風聲。

然後，伴隨著身體像沉進了無底深淵的感覺，所有一切離我遠去。

# 終章

時值冬天，積雪深厚。在某個地方有個貧困的男孩，拉著雪橇出外撿柴。男孩把撿來的木柴堆在雪橇上，但因為身體冷得要凍僵了，他沒有馬上返家，決定生堆火，先稍微暖暖身子再說。

男孩撥開積雪，露出底下的地面時，發現了一把小小的金鑰匙。他心想既然有鑰匙，那附近一定還有鎖，於是繼續往下挖，挖出了一個小鐵盒——

「你聽過沙堆悖論嗎？」

往青光園走去的半路上，間戶村先生問。

「沒聽過。」

由於兩人都拄著拐杖，所以移動速度非常緩慢。熾烈的陽光照在背上，兩人並肩的影子落在柏油路面上，輪廓無比清晰。

「那禿頭悖論呢？」

我還是搖搖頭，間戶村先生於是為我說明。

「沙堆嘛，想當然耳，就是指積成一堆的沙子。假設現在我們眼前有座巨大的沙堆，然後從沙堆拿走一粒沙子，那你覺得在眼前的東西是什麼？」

思考了一會兒後，我回答。

「還是沙堆吧？」

「沒錯，還是沙堆。」

新年剛過的鄉村小鎮冷冷清清，但不時仍有當地居民與我們擦肩而過。看見我們兩人都拄著拐杖，不約而同投來好奇的眼光。

「那如果再拿走一粒沙子呢？」

「……還是沙堆。」

我重複一樣的答案。

「對吧？所以就是這樣，就算一粒粒地拿走沙子，不管多久沙堆還是沙堆。也就是說，不管拿走多少沙子，沙堆依然是沙堆。結果你猜怎麼著？」

我完全不知道該怎麼回答，不太確定地搖頭，地面上的影子跟著搖頭晃腦。

「結果就產生了『就算只有一粒沙子也還是沙堆』的悖論。」

所以——這又怎樣？

我不明白間戶村先生想表達什麼意思。

間戶村先生揚起下巴，臉龐迎向冷空氣，沒再作聲。他像在回想很久以前的記憶，雙眼迷濛失焦。

「……我們每個人多少都有點不正常。」

一月的太陽距離地面很近，把所有景色都劃分進光或影的世界裡。我們落在地上的影子不光是拐杖，連衣服的款式乃至髮絲的形狀，都能看得一清二楚。

「像我做過的那些事情，一般人根本不會做。」

不知道間戶村先生是指僱用未成年的人從事危險工作，還是指在未經同意下挖出別人不想被人知道的事情並公諸於世？還是說，他把那一天自己明明身受重傷，卻還趕到工廠，敲碎門上的玻璃闖進來這件事也算在內？思索著這個問題時，間戶村先生又說了一次相同的話，只是這次比較像是自言自語。

「我們每個人多少都有點不正常。」

民宅的窗戶內側傳來了敲打金屬的聲音。

遠方響起狗吠，隨後是訓斥聲。

「……那禿頭呢？」

「嗯？」

「你剛才提到禿頭。」

「喔。」間戶村先生笑了起來。「這個也一樣。在禿得精光的頭皮上就算植了一根頭髮，結果也還是禿頭吧？就算再多植一根或是兩根，一樣還是禿頭，所以就產生了『禿子有再多根頭髮也還是禿子』的悖論。」

真教人哀傷啊，間戶村先生笑著這麼說道，縮起下巴往上看，像在窺看自己的瀏海。因為早起的關係，下半眼球充滿血絲。

間戶村先生已經向警察坦白了一切，利用未成年的我取得獨家新聞這件事也已曝光。而且原來這件事公司並不知情，所以間戶村先生正受到在家反省的處分。但他說就算還可以回去工作，肯定也會被調去其他部門，要從那裡再重新往上爬只怕不可能，所以正在考慮直接辭掉工作，自立門戶。至於自立門戶以後要做什麼，他沒有告訴我。記得以前受光里姊的影響，看著從圖書館借來的小說時，我曾看過有個主角是雜誌撰稿人，接二連三被捲進各種事件裡，然後宛如名偵探般地解決了所有事件。不過，我想間戶村先生恐怕當不成偵探。

「間戶村先生，你那時候是怎麼知道我才是錠也？」

坐著電車要來這裡的途中，我首次問出這個問題。間戶村先生在往鍵人頭部揮下拐杖的時候，究竟是怎麼在心裡確定的？我一直很想知道，卻沒能問出口。

「因為你穿著平常的那件羽絨外套。」

間戶村先生一臉得意洋洋，為我說明。

「那時候你們身上的外套很像，又都沾滿了血。不過，後來我注意到了錠也你外套的左邊袖子，有你之前騎摩托車跟蹤政田時留下的破洞。雖然還沒去工廠前，你出現在病房裡的時候，我根本沒留意過你穿什麼外套，但我記得上次在簡餐店見面時，曾看過你袖子上有破洞，所以我才知道，這邊這一個才是錠也。」

也就是說，單純只是運氣好。

如果那一天，鍵人不是陰錯陽差地穿了新的羽絨外套出門，間戶村先生的拐杖就會落到我的頭上。假使我在那時候被打暈，鍵人肯定早就殺了我，也殺了間戶村先生吧。

但是，我也不知道我們互相穿了對方的羽絨外套這件事，究竟是幸還是不幸。歸根究柢，都是因為鍵人穿錯了羽絨外套，他才能夠用我放在口袋裡的手機打給間戶村先生。倘若沒有那通電話，我、間戶村先生和政田，都不會知道鍵人被關在哪裡。然後如果沒有任何人前往那間工廠，也就沒有人能阻止烏龍殺了鍵人。鍵人會死，烏龍和政田會活著。

「明明你全身受了那麼嚴重的傷，為什麼那時候還趕到工廠來？」

在電車裡的時候，我還問了這個問題。

「是因為內心的記者魂吧。」

間戶村先生立刻回答。

「你想想看我那時候的情況吧。有個人打電話來給我，聲音還和錠也一模一樣，就快要被某人殺死了。然後不只警方正在尋找的政田宏明趕了過去，後來連你也跑過去，這根本是獨家中的超級大獨家吧？我身為雜誌記者當然要溜出醫院，跳上計程車趕去現場啊。」

但是，我很快發現到一件事。

「但你沒有帶著相機吧？」

「嗯？」

「就是擺在病房床頭的單眼相機啊。如果間戶村先生是因為記者魂才趕過去，為什麼沒帶相機？明知道說不定能拍到什麼勁爆場面。」

間戶村先生明顯語塞。但是，他立刻裝出一副若無其事的樣子想要蒙混過關，看向前方的車窗。我也抬起雙眼，注視著相同的方向。電車遠離了都心地帶，建築物的數量比起不久前看到的又少了一些，綠意增多。

「反正呢，有時候就是會忘記。」

是指相機？還是記者魂？我沒問，所以不知道答案。

背後突然響起腳步聲。我們兩人的拐杖前端抵著地面，同時停住不動。間戶村先生轉動脖子，越過肩膀往後看。我也往後回頭。一名全身穿了好幾件衣服，最外面罩著毛衣的老奶奶從岔路走出來，背對著我們越走越遠。

「……算算也快一個月了吧。」

兩人再次在冬季的巷子裡邁步前進。

「既然沒接到警方的任何通知……表示還是沒有線索吧。」

「應該吧。」

那天，間戶村先生往鍵人的頭部揮下拐杖後，拔掉了我腿上的玻璃碎片，又解開自己胸口的繃帶為我止血。期間我只是躺在地板上，張著雙眼，看著天花板的燈光、牆壁、散落一地的玻璃碎片、蜷縮起來的烏龍屍體、昏暗中政田仰躺在地的屍體，還有倒在地上的鍵人。鍵人趴在水泥地上，一開始手腳偶爾還會抽搐抖動，但漸漸不再動彈，最終完全靜下。

替我的大腿止好血，間戶村先生便打電話報警，用依然抖個不停的聲音說明情況。聽著間戶村先生的聲音，我的意識不時飄遠，不時轉醒。一段時間後，交互重疊的警笛聲快速逼近，大批警察衝進工廠。谷尾刑警和竹梨刑警也在其中。我失去了真實感，只是茫然地望著眼前的景象，所以不知道鍵人是何時消失蹤影的。

時至今日，還是沒有找到鍵人。

關於他的行蹤，也沒接到過任何有用的消息。

警方趕到工廠後，聽了我的證言，當晚就在鍵人家發現了貴島夫婦的遺體。不過，刑警們並不是從一開始就相信我的話。當我在工廠說起鍵人的事情時，谷尾刑警和竹梨刑警壓根不相信我。就算間戶村先生在中途加入為我說話，兩人還是不太相信的樣子，反倒像是想從中找出謊言的破綻。當然早在這個時候，警方就已經把我當作是殺害田子庸平和光里姊的嫌犯，因為調查過我的出身，所以也知道了鍵人的存在。聽說他們打電話去貴島家好幾次，但都無人接聽，有一次還直接登門造訪，卻沒有人在家。當時，因為向附近住戶打聽到了他們一家人前往北海道旅行的消息，所以刑警們原本是打算先等到貴島夫婦和鍵人結束旅行回來。豈知發生在我身邊的這些殺人案，凶手全是兩歲半時就與我分開的雙胞胎哥哥，谷尾刑警和竹梨刑警一定是作夢也想不到吧。

關於這一連串事情的報導，近幾日一直鬧得沸沸揚揚。

據間戶村先生說，最熱中於追蹤事件進展的，就是有一名記者遭到政田殺害的那間週刊雜誌。相較之下，只有間戶村先生所屬的週刊總藝因為有自家記者牽涉其中，所以在採訪和報導上都相當節制，而這件事也包括在內，其他報章媒體倒是爭先恐後地展開報導。

由於嫌犯尚未成年，鍵人的照片和詳細個人資料並沒有被公開。但間戶村先生說，媒體應該早就已經取得了資料。

說不定有一天，某家媒體會搶在所有人的前頭，率先公布鍵人的照片和名字。更何況在網路的世界裡，一定早就有人肉搜出嫌犯的所有資料。不久的將來，也許會有人在街頭看見我後就對我指指點點，不然就是急忙打電話報警。間戶村先生為我感到擔心，建議我在警方找到鍵人之前，外出的時候最好喬裝，戴個眼鏡和口罩。但是，我辦不到。因為我覺得鍵人做的事情，說是我做的也不奇怪。

「嗯……」

間戶村先生忽然抬起頭來。

「今天是不是丟不可燃垃圾的日子？」

「我記得是明天。」

「對對對，我還以為自己忘記丟垃圾了。現在沒在上班，我老是搞不清楚今天到底是星期幾。」

現在，我們一起住在間戶村先生新租的公寓。谷尾刑警建議我們兩人都要搬家，但我沒有資金也沒有收入，間戶村先生便表示我可以搬過去和他一起住。由於我們都有一隻腳行動不便，本來還說剛好可以互相有個照應，但實際上一起生活後才發現，別說是互相幫忙了，不便的程度好像反而變成了兩倍。例如前天也是，間戶村先生想從餐具櫃上方拿只玻璃杯，我負責在旁邊扶著他的肩膀，但偏偏兩人的重心都不太穩，結果站得比平常還要東倒西歪，玻璃杯因此落在我們之間碎了一地。兩人都站在原地不敢亂動，生怕踩到碎玻璃，但也因為兩人都只有一隻腳能使力，很快就支撐不住，不由得伸手抓住對方後，更是失去平衡，最終跌成一團。我雖然沒事，但手肘扎到了碎玻璃的間戶村先生放聲尖叫。幸好相較於尖叫的分貝，扎到他手肘的碎玻璃很小塊，只流了幾滴血而已。

我們每天都過著這樣的生活，間戶村先生總是表現得很開朗。他會看著電視上的搞笑節目哈哈大笑，也會比手劃腳地向我形容以前在採訪時見識過的巨大章魚燒，模仿老闆說過的話和動作。但是，我無法回應他的好心。無論看著電視螢幕還是間戶村先生，我都覺得好像隔著一層混濁的白色薄膜。我所看見的這層薄膜，也許就類似於從前覆蓋住光里姊雙眼的膠帶。那個時候，光里姊也很害怕向他人敞開心胸嗎？事到如今我才在想這些事情。

「哦，來了來了。」

間戶村先生揚起頭，沒有揮手而是揮了揮拐杖。

谷尾刑警和竹梨刑警正站在青光園的大門口。谷尾刑警抬起一隻手來，對我們笑了笑。身旁的竹梨刑警也跟著抬起手，但他很快便放下，表情凝重地收起下巴。

之前谷尾刑警說過，如果想起了或發生了什麼與案件有關的事情時，一定要馬上通知他。所以，昨天我主動打了電話給他。

和兩名刑警會合後，頂著陽光穿過庭院，走向園舍。接連幾日都是好天氣，每當我們的鞋底和拐杖碰到地面，就會揚起白煙般的細沙。沙子乘著徐徐的風，靜靜飄過毫無人影的庭院。因為是平日白天，這時候國小、國中和高中生都在學校上課。

事後我們才知道，谷尾刑警和竹梨刑警並不是在間戶村先生報警後，趕到工廠時才知道我和間戶村先生有某種聯繫。就在同一天，他們發現了間戶村先生的手機裡有和我聯絡過的通話紀錄，查出了間戶村先生在哪間醫院後，隨即動身前往。但是很不巧地，那時候間戶村先生已經溜出醫院趕往工廠。再後來，兩人在找的間戶村先生打了電話報警，他們才趕到工廠。

「生活還順利嗎？」

谷尾刑警面向前方問道。

「還行啦，兩個大男人算處得還不錯。」

聽了間戶村先生的回應，谷尾刑警乾笑兩聲。

「關於現在的新家地址，就如同我先前說過的──」

「我沒告訴任何人。既沒聯絡老家，公司那邊也只對少少幾個人說過。」

「雖然這樣的處理方式，像是在無視我們自己的無能，對你們感到很抱歉，但請一定要多加小心。」

谷尾刑警用掌心根部敲著眉心，語氣非常疲憊地接著說了。

「因為直到找到為止……他有可能出現在任何地方。」

要搬家的時候，谷尾刑警提供了兩個建言。第一是盡可能別告訴任何人新家的地址，第二是不要向郵局申請轉投。我不懂為什麼不能申請郵件轉投，提出疑惑後，谷尾刑警卻答得含糊其辭。後來間戶村先生為我說明，原來是因為有個方法能利用郵局的轉投系統，查出他人搬家後的新地址。

「首先，寄一封快捷郵件去對方的舊家。到了隔天早上，在郵局還沒開門之前趕去營業時間外的特設窗口，告訴櫃檯人員你非常需要撤回那封郵件。」

一旦撤回的申請成功，只要支付數百圓的手續費，郵件就會重新寄回給寄件人。但是，因為快捷郵件在收件後會馬上準備轉投，所以拿回來的郵件上面，早已經貼好了要轉投的收件人姓名與新地址。

「雖然要撤回郵件時必須出示身分證，但只要這部分能蒙混過關……嗯，應該就能取得新地址吧。」

有幾個孩子還不用上學，蹲在庭院角落的水管旁玩耍。那個地方只要搬開地面上的石頭，就會跑出許多蟲子，所以他們應該正在抓蟲子吧。明明相隔很遠，我卻覺得自己看見了他們沾滿泥土的髒兮兮指尖、衣服上的食物碎屑，還有反覆擦過鼻水後變硬的袖口。其中一個孩子留意到我們後抬起臉來，其他人也跟著投來目光。當中只有年紀看來最小的那個男孩我沒印象。是我離開以後才進來的孩子吧。只有那個孩子興致勃勃地伸長脖子，往我們這邊張望，其他人都是馬上別開視線，裝作很專心地在玩自己的遊戲。我還待在這裡的時候就是這樣。大概是隱約感覺到了，園裡的職員和在這裡生活的孩子們大家都避著我，對我敬而遠之吧。

看著這邊的男孩有些顧忌地揮了揮手。我也揮手回應後，他便露出笑容，臉上有著不加掩飾的害羞。身上的毛衣很大件，應該是接收了其他人的舊衣，也可能是父母買了大一號的衣服給他。

媒體在報導的時候，並沒有爆出青光園的名字。所以在這裡生活的孩子們，肯定不曉得這陣子轟動社會的大案子，與自己住的地方其實有著密切相關。雖然我很希望青光園的名字可以就這樣一直不被公開，孩子們什麼都不知道，一直到長大成人，但恐怕不可能吧。

「錠也。」

好懷念的呼喚聲。

戶越老師站在園舍門口。她一如往常地將半白的頭髮綁在腦後，兩耳上方翹著乾澀的自然捲髮。

「錠也，好久不見了。」

戶越老師說道，露出了透著疲憊的笑容。幾乎快兩年的時間沒見過面，戶越老師看起來又蒼老了許多，我不敢正眼看她，只是默默低下頭行禮。

鍵人曾威脅戶越老師提供烏龍家的地址這件事，是我們住在一起時他親口告訴我的。因為這件事，警察一定三番兩次地向戶越老師問過話。每次被問話時，想必戶越老師都會像是自己犯了過錯般地道歉吧。

國小三年級的時候，我開始在學校破壞班上同學的東西，每次都是園長不然就是戶越老師趕來教職員室賠不是。園長會以育幼院負責人的身分低頭致歉，內容也都是基於他的立場而不得不那麼說。但是，戶越老師每次道歉，都是在責怪自己還不夠盡心盡力。

記得是二月的某個寒冷傍晚，放學後的教職員室裡，戶越老師沒有往導師招呼的椅子坐下，站在我旁邊頻頻低頭道歉，記得她第一次哭了。我只是漠然地等著時間過去，交互看著戶越老師的側臉，和她腳踝上變得鬆鬆垮垮的襪子。之後我和戶越老師一起走出校園，外頭已是一片漆黑。老師始終沒有吭聲，走回青光園的一路上什麼也沒說。雖然已經不再流淚，但她不時會吸吸鼻子。每次吸完鼻子，老師都會發出短促的吐氣聲，但為了不讓吐氣聲聽來像是嘆氣，她在吐氣的時候會稍微咧開嘴角。半路上老師突然轉出巷子，來到大街。走了幾步路後，看見一間便利商店。炫目又明亮的方形盒子矗立在沒有幾輛車的停車場對面，看起來彷彿是未來的景色。「肚子餓了。」戶越老師在離開學校後首次開口說話，帶著我走進店裡，買了關東煮。她一面說在晚餐前還吃這種東西，對廚工很不好意思，叫我要保密，一面也買了關東煮給我。後來，我們就站在超商停車場的角落吃起關東煮。快凍僵的雙手捧著溫暖的保麗龍碗，湯的香氣裡還有著冬天的氣味。戶越老師的眼鏡起霧後變得白茫茫的，呼出的氣息也是很清晰的白色。我並不討厭戶越老師。所以明明為老師造成了麻煩，還害她哭了，我應該要感到難過才對，卻想不起來自己曾感到難過。如今連同那時的事情，我很想對戶越老師說些什麼。但即便想要開口，下巴卻僵硬得動也動不了。

「錠也，對不起喔。」

戶越老師率先開口說了。我不明白她是針對什麼在道歉。我沒有應聲，低著頭用力握緊拐杖。就在握緊的時候，我突然意識到了壓在心口上的寂寞。儘管隔了這麼久又見到戶越老師，我還是感到寂寞。而在意識到內心的情感後，我忽然覺得，從前的自己好像也曾有過這種內心充滿寂寞的感受。很小的時候，我會把塑膠繩捲在割草機上讓它帶著雪橇滑行，還會開著園長的車在庭院裡劃圈，會不會是因為我想引來老師們的關注？我忽然有這種感覺。其實我並不是想讓其他孩子們崇拜我，而是想讓取代了父母的老師們關心我吧？

「拖鞋就放在那邊，請各位自便。」

戶越老師指著放在鞋櫃旁邊的拖鞋架。訪客用的藍色拖鞋成雙地疊在一起，朝上擺在架上。

「只不過所有拖鞋都很老舊了，真是不好意思。」

「我和錠也只要一雙就夠了呢。」

間戶村先生抽起一雙拖鞋，一隻丟在自己腳邊，另一隻丟給我。拖鞋的磨損程度非常嚴重，藍色的塑膠外皮到處都有脫落。這些拖鞋從我還小的時候就在了，搞不好從青光園成立以來，從來沒有換新過。十七年前，貴島夫婦是否也穿了這當中的某兩雙拖鞋，與兩歲半的我和鍵人會面？

「錠也，這是你第一次穿訪客用的拖鞋吧？」

經戶越老師一說，我才發現的確是如此。雖然從小看著這些拖鞋到大，但自己穿上還是頭一次。

「鞋底那邊都已經扁到不能再扁了呢。」

「是啊……確實很扁。」

我用拐杖支撐身體，只有一隻腳穿著拖鞋，試著踩向走廊。磁磚的堅硬與從庭院飛進來的細沙觸感，幾乎像是沒有隔著東西地直接傳到腳底。間戶村先生也做了一樣的動作，谷尾刑警和竹梨刑警也雙腳外八，在原地踏步。「的確。」「嗯，不過……」三個人各自在嘴裡嘟嘟噥噥，我混在他們之間，好不容易從喉嚨擠出聲音。

「對不起，給您添麻煩了。」

戶越老師的表情定格了短短幾秒鐘。

但是很快地，她就好像聽到我說了什麼玩笑話般，皺著鼻頭，舉起一隻手在空氣中連連甩動。

「老師——」

走廊的盡頭傳來呼喚聲。

一名陌生的年輕女子小跑步跑來，應該是新來的老師吧。來到入口玄關後，注意到我們的她欠身行禮，但一看見我，立刻全身僵直。

戶越老師朝她走去。疑似新來的女老師用聽不見的音量，好像問了什麼問題。戶越老師簡短回答後，她刻意不看我，再度向我們欠了欠身，沿著走廊折回去。

「這邊請，園長在裡面等著了。」

戶越老師帶著我們走過走廊。

我聽著戶越老師腳上室內拖鞋形成的腳步聲、我們拄著拐杖移動的聲音，還有拖鞋在地板上摩擦的聲音，經過了狹窄的講堂，和當年光里姊會泡即溶式檸檬紅茶來喝的餐廳。

抵達教職員室後，戶越老師先走了進去，我們在門口等候。

屋內先是傳來椅子的微弱嘰呀聲，然後是戶越老師的說話聲、園長低聲詢問的聲音，最後是戶越老師「咦？」的訝叫聲。戶越老師似乎以為我們會跟著她走進去。

我們很快地互看一眼，同時開始動作，魚貫地穿過教職員室的入口。進去以後，戶越老師就說著「那我先失陪了」，退到了走廊。不知道是還有工作要處理，還是從一開始就說好不會在場。

園長繞過桌子，向我們走來，身上還是那件萬年不變的毛衣。窗外是沐浴在陽光下的庭院，園長背對著光，臉部落在陰影裡，但還是可以看出他的雙眼正直直看著我。園長的辦公桌在牆邊，桌上一樣放著萬年不變的茶杯。我想杯裡的茶水一定幾乎沒有減少，都已經冷了吧。明明從這裡看不見，沒來由地我就是這麼認為。

園長是在昨天傍晚打電話給我。

其實在爆出一連串的報導後，我就好幾次接到過青光園的來電，但我無法按下通話鍵。因為我什麼都不想去想，也不願去回憶。直到昨天傍晚，才接起了同樣又是來自青光園的電話，是因為湊巧在旁邊的間戶村先生慫恿我接起來。

自從在將近兩年前離開青光園以後，這是我和園長第一次說話。

在電話的另一頭，園長先是對於沒告訴我鍵人的存在，以及之前謊稱他不知道我的父親是誰，向我道了歉。我光是出聲應和，就已經竭盡全力。園長不只擔心我的身體，也擔心其他所有事情，但我無法好好回話，最後又是尷尬的沉默降臨在兩人之間。我把手機按在耳朵上，想像了園長在青光園的教職員室裡拿著話筒的樣子。於是，我很鮮明地回想起了教職員室裡並排的桌子，也想起了牆壁上的白板、五歲那年的「煙火之夜」、要去桐川老師的車裡放置火藥時穿過的那扇窗戶等等，還有其他許多。

「我這裡有小逸托我保管的東西。」

園長毫無預警地說。

「過世之前，她在醫院交給了我。因為她覺得自己很可能就要死了。希望我等到孩子們成年……如果直到成人為止，都沒有半個家庭收養你們的話，要我把這樣東西交給你們。」

聽說我和鍵人手上的那兩把小鑰匙，也是在那時候一起托給了園長。

「是什麼東西？」

「我也不知道。」

聽說是個小盒子，但因為蓋子上有鎖，園長從未打開過。

「可是，不是說要等到我們成年嗎？為什麼現在……」

話說到一半，我總算察覺。

「生日快樂。」

園長對我微笑說道。

今天是我和鍵人的生日。明明每次要操作手機的時候，都會輸入四位數的密碼，卻徹底把這個日子忘了。

「兩位刑警，也謝謝你們，還特地過來一趟。」

「哪裡哪裡，說不上特地，這畢竟是工作。」

谷尾刑警把手舉到肩頭，左右搖動。

「那麼裡面請。」

園長的目光投回到我身上，側過身體。

「盒子已經在裡面準備好了。」

教職員室後方連接著會客室。園長走到會客室門口，讓我們先進去後，自己最後進來，關上房門。面向庭院的窗戶拉起了蕾絲窗簾，但陽光仍從縫隙間透進來，在半空中飄揚的塵埃反射出了光的形貌。

茶几上放著一個盒子。

盒子是木製的，很像是古董店裡販售的商品，只是這個看起來非常廉價。蓋子上的確有個鑰匙孔，但就算沒有鑰匙，應該也能用鉗子之類的工具輕易撬開。

「園長覺得裡面裝了什麼？」

我問，但園長搖搖頭。

「我也沒有頭緒。」

我在茶几前跪下，試著拿起盒子。雖然不知道盒子本身有多重，但感覺並沒有額外增加多少重量。要把盒子放回茶几上時，盒子一歪，裡頭傳出了「匡」的碰撞聲。聲音聽來也很輕。

我從牛仔褲口袋裡拿出鑰匙。圓柱狀的鑰匙軸前端有著凹凸刻槽，看起來和玩具沒兩樣。昨天和園長講完電話以後，我好像明白了母親為什麼要給雙胞胎兄弟一人一把鑰匙。不管盒裡放了什麼，她一定是認為孩子一旦有人收養，盒裡的東西就不再有需要，也不應該交給孩子吧。所以，母親才各給了我和鍵人一把鑰匙。畢竟也有可能兩人成年的時候，只有其中一個孩子被收養，但另一個人沒有。正巧也就是我和鍵人現在這樣。只要兩人分別持有一把鑰匙，園長就能只聯絡其中一人，讓他打開盒子。

我插入鑰匙，往右旋轉。

感覺一下子就打開了鎖。

我用雙手掀起蓋子，裡頭只放了一個透明的小方盒。塑膠製的小方盒裡頭有某種灰色的東西，很像是小朋友畫的機器人人臉。「原來是錄音帶啊。」間戶村先生輕聲說。

原來如此，這個就是錄音帶。雖然我沒用過，但我記得以前在青光園的時候，收音機體操是自由參加，園長每次都會播放同一捲錄音帶。不過，收音機只用到了我小學低年級，之後就換成了離院生送的CD播放器。

我問了園長，以前的收音機還在不在。

「我想應該還放在倉庫。」

園長走出教職員室，去了一趟倉庫。從前為了放火燒掉烏龜和螳螂的家，我就是在那個倉庫裡把燈油罐一個個倒過來，收集了燈油。

在傾瀉著亮白日光的會客室裡，我們圍著桌子站立，等著園長回來。

「這種圓柱前端有著方形凸槽的鑰匙——」

間戶村先生用眼神示意還插在盒子上的鑰匙。

「好像就叫作萬能鑰匙（skeleton key）。」

「是喔？」

儘管從出生起就放在自己身邊，我卻不知道這叫什麼。

「早在很久以前就有種鎖叫凸塊鎖（warded lock），構造非常簡單，聽說只要用萬能鑰匙，幾乎都能打得開。所以我曾在某個地方看過，萬能鑰匙在英語裡面，也有『備份鑰匙』的意思。」

聞言，我馬上在心裡面把備份鑰匙這四個字和鍵人重疊起來。無論是跑來青光園，還是打電話給烏龍的時候，鍵人都假扮成是坂木錠也，非常輕易地打開了原本只有我能打開的鎖。殺了田子庸平和光里姊時也是，就好像要在犯罪現場留下一把鑰匙，刻意留下證據，讓警方撿起了他留下的鑰匙後，找上了我這個鑰匙孔。而我正好和那把鑰匙吻合，於是成了無庸置疑的嫌疑犯，遭到警方的追捕。

「找到了。」

園長捧著收音機回到會客室。

「是不是也幫你準備一副頭罩式或耳道式耳機比較好？只要找一下，應該能找到。」

我搖了搖頭，用兩手接過滿是灰塵的收音機，放在茶几上，解開後頭纏成一束的電線。園長幫我吹掉插頭上的灰塵，插進牆上的插座。

放好錄音帶，按下播放鍵。

喇叭先是傳出雜音。

雜音之外，只能聽見類似衣服的摩擦聲。但那個摩擦聲保持著一定的節奏，安靜聽了一會兒後，我才發覺那是人的呼吸聲。

不久後，呼吸聲拉得很長，緊接著變成平靜的說話聲。

『真想見見鍵人和錠也呢。』

這是我第一次聽見母親的聲音。

『不過，我想，媽媽大概很快就要離開這個世界了。』

母親的話聲沉穩，一點也不像是將死之人。雖然聲音虛弱，很難聽得清楚，但語氣非常溫柔，彷彿是某個星期天的早晨，坐在日照良好的簷廊上對著我們說話。

大約二十年前，田子庸平拿著散彈槍對母親開槍，陷入昏迷的她被送往了醫院。雖然接受了摘除手術，取出體內的彈丸，短暫恢復意識，但傷勢很快惡化，再度昏迷不醒。醫生後來剖腹取出了我和鍵人，但母親就此撒手人寰。

我猜這捲錄音帶，應該是母親趁著恢復意識時錄的吧。

『關於你們的父親是誰，我想等你們長大以後，一定要告訴你們才行。不過，媽媽現在手不太能動，沒辦法寫信，所以請醫院的人幫忙，決定用錄音的方式。』

兩名刑警與間戶村先生短暫地互相對視。大概是猜到母親接下來要說的話，多半是大家都已經知道的事實，他們的期待有可能要落空了。事實上母親接下來述說的內容，確實是在場眾人都知道的事。比如對母親開槍的人叫作田子庸平，他其實是我們的親生父親。但是，親耳聽到母親說出來後，我才真正地意識到，這是無可撼動的事實。與此同時，雙眼上那層像是薄膜的東西突然褪去，曾在動物園裡一起抱住山羊的烏龍、第一個喜歡上的女生光里姊，他們的死亡與我經歷過的所有一切，忽然都壓住了我的胸口，伴隨著幾乎教人窒息的真實感。

『說不定，你們現在的人生正過得非常痛苦。可是，有件事你們一定要知道。』

漸漸地，母親的聲音終於說起了我不知道的事。

『將來一定會有那麼一天，你們會慶幸自己來到這個世界上。』

不對，並不是不知道，而是我從來沒這麼想過。

『要為你們取名的時候，媽媽想起了自己最愛的一篇童話故事。小時候，我在育幼院看過格林童話，那篇故事是最後一篇，篇幅很短，篇名叫作〈金鑰匙〉。』

母親彷彿在為就在眼前的孩子朗讀繪本，聲音斷斷續續，語氣極其溫柔。

隆冬時節，有個男孩子外出撿柴。外頭的積雪很深，天氣嚴寒，男孩子撿完柴火後，全身幾乎要凍僵了。所以他想在回家之前，先就地燒一堆火暖和身子。於是男孩子撥開積雪，想要清出能夠升火的空地。就在這個時候，他在積雪裡頭發現了一把小小的金鑰匙。他心想既然有鑰匙，附近一定也有鎖，試著繼續往下挖，挖出了一個小鐵盒。

『希望這把鑰匙剛好可以打開……盒子裡面一定放有什麼寶物。男孩子這樣心想著……翻過盒子到處察看，卻完全沒有找到鑰匙孔。但是，最後他終於找到了一個小得幾乎要看不見的小洞。試著插入鑰匙後，正好一致。男孩子便轉動鑰匙。』

這篇童話故事到這裡就結束了，母親說。

『後來故事的結局，就只有這麼幾行字而已——現在只能等著他把盒子打開。揭開蓋子以後，就能知道盒子裡放有什麼寶物了。』

到這裡，母親的說話聲停了下來。

只有像是拖著重物的粗喘聲持續了好一陣子。

『媽媽、因為頭腦不聰明，所以、不太懂這篇故事有什麼涵意。可是小的時候，站在育幼院的書架前面，第一次看到這篇故事時，我覺得世界變得好明亮。突然覺得雖然發生了各式各樣、很討厭的事情，但這一切都沒有關係了。長大以後，我也常常想起這篇故事。想起來後，就告訴自己，這些事都沒關係……』

忽然間，哭聲蓋過了說話聲。

母親拚命擠出聲音，重複著說。

『這些事沒關係……』

在病房錄著這段話的時候，母親正祈求著我和鍵人能誕生到這個世界上。一定是打從心底，誠摯地懇求著。但是，如果知道了事情會變成現在這樣，她還會祈求嗎？還會希望我和鍵人能夠平安地發出第一聲哭啼嗎？

『所以媽媽相信，你們一定……』

不該誕生到這世上的我，現在又能祈求什麼？對於已經發生的一切，祈禱根本不管用。然而，我還是想要祈禱。和母親一樣，打從心底祈求。

『你們一定也會沒事的。』

希望母親所說的話能夠成真。

『一定會沒事的。』

哪怕一點也好，希望它能夠成真。

主要參考文獻

《布萊梅的音樂家　格林童話集Ⅲ》植田敏郎譯　新潮社
《病態人格》中野信子著／謝承翰譯　究竟出版
《殘酷：不能說的人性真相》橘玲著／楊明綺譯　好優文化
《名為精神病態的恐怖人們》高橋紳吾著　河出書房新社
《暴力犯罪的大腦檔案》艾德里安．雷恩著／洪蘭譯　遠流出版
《兒童福利機構與社會排除　家庭依存社會的臨界點》西田芳正編著　妻木進吾．長瀨正子．內田龍史著　解放出版社
《億萬樂透得主的下場》鈴木信行著／劉愛夌譯　台灣角川
《東大教授告訴你，Science也不知道　大腦的26個怪癖》池谷裕二著／陳冠貴譯　智富出版

KADOKAWA 文學放映所082

# 透明變色龍

定價：380元 **發售中**

**道尾秀介◎著**
**江宓蓁◎譯**

桐畑恭太郎，電台節目主持人。擁有極度平凡的外貌與異常迷人的嗓音。唯有在好友環聚的酒吧「if」，他才能自在地與女性交談。一個雨夜中，身處「if」的恭太郎聽見可疑的聲響。自此被捲入了由神祕女子策劃的殺人計畫當中——

國家圖書館出版品預行編目資料

萬能之鑰 / 道尾秀介作 ; 許凱倫譯 . -- 初版 . --
臺北市 : 臺灣角川 , 2019.10
面 ; 公分 . -- ( 文學放映所 ; 124)
譯自 : スケルトン・キー
ISBN 978-957-743-327-5( 平裝 )

861.57 108014210

# 萬能之鑰

原著名＊スケルトン・キー

作　者＊道尾秀介
譯　者＊許凱倫

2019 年 10 月 24 日　初版第 1 刷發行

發 行 人＊岩崎剛人
總 經 理＊楊淑媄
資深總監＊許嘉鴻
總 編 輯＊呂慧君
主　　編＊李維莉
美術設計＊李曼庭
印　　務＊李明修（主任）、張加恩（主任）、張凱棋

台灣角川

發 行 所＊台灣角川股份有限公司
地　　址＊105 台北市光復北路 11 巷 44 號 5 樓
電　　話＊（02）2747-2433
傳　　真＊（02）2747-2558
網　　址＊http://www.kadokawa.com.tw
劃撥帳戶＊台灣角川股份有限公司
劃撥帳號＊ 19487412
法律顧問＊有澤法律事務所
製　　版＊尚騰印刷事業有限公司
I S B N＊978-957-743-327-5